27 cours d'Estienne d'Orves 13001 Marseille

Photo : © DR
Couverture : Isabelle Cochereau
Directeur de collection : Jimmy Gallier

www.polar.jigal.com

ISBN 979-10-92016-04-8

Gilles Vincent

DJEBEL

ÉDITIONS JIGAL

DU MÊME AUTEUR

Sad Sunday
Éditions Timée 2009
Prix Marseillais du polar 2010

Peine Maximum
Éditions Timée 2011

Les essuie-glaces fatigués rendent les routes incertaines
recueil de nouvelles, Éditions Eaux Fortes 2011

Parjures
Éditions Jigal 2012

Flamencos
Éditions Gascogne 2013

Beso de la muerte
Éditions Jigal 2013

À mon père, à son Algérie à lui…

Prologue

Mars 1960 – Ouadhia, Kabylie

«… *Je ne regarderai ni l'or du soir qui tombe,*
ni les voiles au loin descendant vers Harfleur… »

Antoine chuchote Victor Hugo en boucle. Appris à la Communale. Le seul poème retenu. Jamais oublié parce que ça parle de la mort et que c'est beau comme la chorale de Trets, son village, dessous la montagne Sainte-Victoire.

«… *Et quand j'arriverai, je mettrai sur ta tombe*
un bouquet de houx vert et de bruyère en fleur. »

C'est beau de se le répéter dix fois, cent fois, et ça donne à Antoine l'impression rassurante de ne pas être complètement perdu au beau milieu des rochers et des vents algériens.

Trois heures de garde, accroupi entre les cailloux, à chasser le picotement sous les paupières, à ne pas quitter le sentier des yeux. Pas même une seconde. La vie des autres en dépend. Toutes les vies.

Hurler l'alerte, réveiller les soldats qui dorment en lisière du village. Antoine connaît sa mission : lutter contre le sommeil, vaincre le froid des aubes kabyles. Apprendre à ne pas fumer, ne pas tousser, ne pas bouger. En silence, devenir le gardien des nuits glacées qui enveloppent les collines autour et les copains, plus bas, écrasés de fatigue contre leurs sacs à dos.

Remuer les orteils dans les rangers, scruter l'obscurité jusqu'à deviner les reliefs et murmurer Victor Hugo. Chuchoter les vers comme un refrain jusqu'à l'orangé vague de la nuit qui s'achève, là-bas, derrière la frontière tunisienne.

La relève ne devrait plus tarder, et le jour se lever comme il s'est couché, dans un embrasement.

Antoine Berthier se sourit à lui-même. Content, le soldat ! Trois heures de planton et pas une ombre suspecte, pas de frayeur ni de couteau qui tranche la gorge.

Le pas essoufflé du gros Bonnardo qui grimpe le remplacer lui parvient.

— Allez, Berthier ! Tu peux descendre te réchauffer. Et puis, c'est ta dernière, mon salaud ! Encore trois jours et c'est la quille. Pas vrai, putain de veinard ?

Antoine, pressé de rejoindre la mechta, s'est déjà engagé dans la pente.

— Oui, c'est ça ! qu'il lance sans se retourner. Trois jours et puis tchao tout le monde !

Les yeux rivés au chemin qui descend vers les premières baraques, il accélère le pas, ajuste son rythme à celui du jour qui pointe.

Une fois de plus, l'Algérie va se réveiller entre caillasse et sang séché.

Une fois de plus, la nuit aura effacé les cris de ceux qu'on grille à l'électricité, un peu partout dans le pays.

Les poitrines trempées des Algériens attachés aux tables des écoles, leurs regards paniqués et le rire des jeunes soldats au milieu des beignes qui tombent. Le spectacle de cette jeunesse qui sombre et qui cogne, qui fabrique, sans le savoir, le terreau de ses cauchemars futurs. Aujourd'hui comme la veille et le jour suivant, le cri des hommes résonnera dans les caves jusque tard dans la nuit. Jusqu'au petit matin où la rafale claquera dans le dos du type abandonné entre les pierres. Du type qui n'avait rien à dire.

Antoine n'a jamais voulu participer.

Il a regardé. Une fois.

« Pouvoirs spéciaux », qu'on lui a dit. Votés par les politiques, presque tous. Comme un seul homme.

« On n'est pas des sadiques ! » avait martelé le capitaine Murat. « Faut leur parler le seul langage qu'ils comprennent : la trique. Point barre. »

Quand Berthier avait rejoint sa compagnie du 7e régiment de chasseurs, dès les premières secondes, le capitaine Murat l'avait mis d'équerre.

— Tu vois, Berthier, lui avait-il calmement expliqué dans son bureau, dans ma compagnie, jamais d'histoires. Tout le monde obéit, ferme sa gueule, et ça roule comme ça. S'il y a une merde, on se tient par les couilles. Pas de vagues. Jamais. C'est comme ça que tu rentreras chez toi et que moi, je finirai colonel. Tu me suis ?

— Affirmatif, mon capitaine.

Et il ne l'avait plus quitté des yeux. Plus lâché du regard pendant dix-huit mois.

— Tu vois, avait continué Murat, dans ce village à la con où on cantonne depuis trois semaines, tout le monde a été interrogé. J'ai pas dit « torturé », t'entends ? Juste bousculé un peu… nuance ! Mais tu verras par toi-même. Ils y sont tous passés. Tous les mâles à partir de quatorze ans. Tous sauf le maire. Il a plus de quatre-vingts balais, tu comprends. Faut respecter les vieux, Berthier, sinon tout fout le camp. Sans compter qu'ils connaissent le pays et qu'ils veulent qu'on reste, eux. Ils ont bien compris que sans nous… Tu me suis ?

L'espace d'une seconde, Antoine avait pensé que le vieux maire pouvait quand même planquer une grenade sous sa djellaba, mais il avait préféré garder ça pour lui.

— Affirmatif, mon capitaine. Affirmatif.

— Eh bien, t'as pas fini de me suivre, mon gars. J'ai vu dans ton dossier que t'as appris à te servir d'une radio pendant tes classes.

— Affirmatif, mon capitaine. Je peux même vous dire que j'étais loin d'être le dernier.

— C'est ce que j'ai cru comprendre. Aussi, dès demain, t'es mon opérateur radio. Vu ?

— Vu, mon capitaine.

— En sortant d'ici, tu files jusqu'au bureau de l'adjudant Ferrero. Il te fera la prise en compte du matériel. Rompez !

sa sœur, droite comme la fierté, lui sourit de loin.

Sa sœur, son amour... Ils ont tout fait ensemble. Même partagé le ventre de la mère.

Viviane, son amour... plus belle et plus intelligente que toutes les filles du canton. Elle sera maîtresse d'école, un jour. C'est Monsieur le Maire qui l'a dit. Monsieur le curé, aussi.

Bien difficile de chercher une fille quand on est fier à ce point de celle qui illumine la maison...

Le père sera resté au village à découper l'agneau, à déboucher les bouteilles. Il n'est pas du genre à se mettre en avant. Les femmes de la famille font ça tellement mieux que lui !

L'harmonie municipale aura lustré le moindre bout de cuivre et la petite foule du quartier aura mis ses habits du dimanche, chaussé ses regards de curiosité.

Tous, ils rejoindront la place de la mairie. « Le petit Berthier est de retour ! Le petit Berthier est de retour ! »

Tous, ils l'attendront tous. Le presseront de bourrades, de bises claquées, de plaisanteries douteuses et de questions lancées au visage comme autant de gifles amicales.

Et il faudra bien qu'il leur dise, au père qui a combattu les Allemands, aux copains de chasse, à tous ceux qui sont rentrés avant lui. Aux parents, aussi, des garçons qui ne reviendront pas et qui espéreront bien, au détour d'un mot, d'un regard, récolter un soupçon de vengeance. Il faudra bien leur avouer, à tous, qu'il est revenu bredouille.

— Eh, Berthier ! T'es avec nous ou t'es déjà au bal ?

— J'suis avec vous, caporal. Avec toi aussi, Hadj. Non, c'est pas ça ! Je sais pas comment dire...

Antoine cherche dans sa tête, met de l'ordre dans tous ces mots qui veulent sortir et se bousculent.

— En fait, j'ai peur de rentrer. Oui, c'est ça. Peur des autres, de tous ceux qui m'attendent. Peur du père, de la mère et même de la sœur. Vous comprenez ?

— Non, Berthier, soupire Mohamed Hadj. Je te comprends pas. T'es vivant, c'est le plus important, non ?

— Oui, je sais. Mais ce qui me fout la trouille, c'est ce que vont penser tous les autres. Je rentre bredouille, les gars. Bredouille, merde !

— Bredouille ? explose Hadj. C'est ça ton problème ? Bredouille ? Mais tu ne rentres pas de la chasse, Berthier, tu rentres de la guerre !

— Et alors ! Tout le monde s'en est fait un, ici. Tout le monde ! Même les plus cons que moi. Je veux pas te vexer, Mohamed, mais chez moi, au village, tous ceux qui sont rentrés d'Algérie, eh ben, ils s'en sont fait au moins un, de bougnoule. Au moins un…

Le regard des autres, hébétés, et lui qui continue :

— Moi, ça fait dix-huit mois que je cours comme un imbécile derrière le capitaine. Dix-huit mois que je le suis comme son chien à crapahuter avec cette saloperie de radio qui me bouffe le dos. Dix-huit mois que je bouffe du caillou et que je dors à la belle étoile, la trouille aux tripes. Dix-huit mois à être de tous les coups, toutes les embuscades, sans même tirer un seul coup de feu, sauf à l'entraînement. Et maintenant, faut que je rentre à vide ? Vous vous rendez pas compte, les gars. Je vais leur raconter quoi, moi, aux autres ? Que je me suis branlé dans le désert pendant que les copains se faisaient zigouiller ?

Et Hadj d'exploser.

— T'es un malade, Antoine ! Je te jure, un vrai malade ! Tu rentres vivant, mon vieux. Et les mains propres, en plus. Tout le monde peut pas en dire autant, ici. Moi le premier… Tu devrais être fier, Antoine. Fier ! Pas vrai, Mangin ?

Mangin écoute, les yeux rivés sur ses rangers, et il s'en allume une, comme pour libérer la parole.

— Je sais pas si t'as raison ou tort, Hadj, avec tes histoires de mains propres, mais moi, je le comprends, Berthier.

Le caporal-chef crachote un bout de tabac.

— C'est un peu comme si tu rentrais puceau, non ? Qu'ici, on serait tous devenus des hommes, sauf toi. C'est ça ?

— Oui, c'est ça. Puceau et mort de honte. Un peu comme lâche, si tu vois.

Berthier se tourne vers le dehors où l'aube s'impose au paysage désolé.

— Ben on peut dire que vous avez de drôles de sujets de conversation !

Aucun d'eux n'a entendu l'adjudant Ferrero – redoutable égorgeur de sentinelles – s'approcher et s'asseoir sur le muret de pierres, face à la guitoune.

— C'est pas que j'écoute aux portes, les gars, mais on vous entend à cent mètres à la ronde. Et franchement, Berthier, moi aussi je te comprends…

Mangin sourit, comme soulagé. Et l'adjudant de poursuivre :

— Que tu rentres bredouille, comme tu dis, ce serait pas un problème si c'était ton choix. C'est vrai, t'aurais pu être objecteur de conscience et te planquer en taule pendant trois ans comme ces putains de pacifistes. Mais la dégonfle, c'est pas ton genre, Berthier. T'as des couilles, toi. Alors, rentrer chez toi la honte au pantalon après dix-huit mois de terrain, moi je trouve pas ça normal. T'en as chié comme tout le monde, dans ce pays de merde. C'est vrai, quoi ! Tu viens de donner deux ans de ta vie pour les bicots, et la France, elle te donnerait pas le droit de t'en faire un ou deux ? Juste parce que t'es collé au cul du capitaine depuis que t'es arrivé ici ?

L'adjudant Ferrero sait qu'il ne sera pas interrompu. Que ses hommes l'écouteront sans broncher, et qu'ils observeront la sueur suinter sur son front, ses tempes, comme à chaque fois qu'il s'énerve, même l'hiver.

— De toute façon, il t'a à la bonne, le pitaine. Tout le monde sait qu'il t'a pris sous son aile, un peu comme un petit frère. C'est pour ça que t'es jamais vraiment allé au feu. Mais tu sais, nous, on s'en fout. On t'aime bien comme t'es, Berthier.

Le regard d'Antoine n'hésite pas à croiser celui de Ferrero.

— Je suis désolé, mon adjudant, mais le capitaine ne m'a jamais protégé plus que les autres… C'est juste que je suis son opérateur radio, c'est tout. Et puis, on s'est beaucoup parlé, lui et moi. Et je peux vous dire qu'il me comprend… Et qu'il est peut-être le seul, ici.

— Ça va, Berthier, coupe l'adjudant. Compréhensif ou pas, il t'a tellement maintenu sous sa coupe que t'as jamais pu te faire un seul fellouze, et que maintenant, tu vas rentrer chez toi comme une fiotte. Tout le monde va se foutre de ta gueule et je te jure que t'es pas prêt de te faire une poule, dans ton bled.

Ferrero se racle la gorge et crache dans l'herbe sèche avant de sauter du muret.

— Mais, t'en fais pas.

Son regard croise celui des deux autres.

— J'ai une idée. Je crois qu'on va t'arranger le coup.

Antoine Berthier fronce les sourcils.

— Comment ça ?

— Laisse-nous faire. Ça fait un an et demi que tu nous fais confiance, c'est pas aujourd'hui que ça va changer. Vous me suivez tous les trois jusqu'à la dernière maison du village, côté nord, celui qui grimpe. On rentre dans la baraque, on en chope deux et on les emmène faire un tour. Et tout ça sans bruit. Je veux pas entendre un bicot gueuler, vu ?

Le silence s'installa dès qu'ils furent debout.

Sans bruit, ils traversèrent la mechta. Juste les cailloux bousculés par les pas et l'adjudant qui se mit à siffloter, presque en douce, sa chanson préférée : « *Enfants, aiguisez vos couteaux sur le bord des trottoirs…* »

*

Ce qui ressemble à une maison grise et ocre, sans étage ni fenêtres, sans autre avenir que celui offert par l'érosion des vents, se dessine dans le jour levé, à l'écart des autres habitations.

Les hommes sont plaqués contre le mur de terre, de chaque côté de la porte d'entrée.

Au signal de Ferrero, Mangin, d'un coup de pied expert, fait voler les vieilles planches en éclats, et les treillis disparaissent, avalés par l'ombre du torchis.

Une presque obscurité imprègne l'intérieur de la bicoque. La mère, qui préparait le premier thé du matin, se met à gueuler. La gifle de Hadj tombe, la fait se taire et se mettre à genoux. Ferrero lui en colle une deuxième et la bouche de la femme pisse rouge dans le noir.

L'adjudant lui pose un doigt sur les lèvres.

— Chut… Tais-toi…

Mangin et Berthier ont fait le tour des deux pièces attenantes et ramènent un vieillard, peut-être le père de la femme, et un garçon de onze-douze ans.

— Hadj, demande-lui où est son mari.

Elle écoute et répond d'un souffle sans quitter le harki des yeux.

— Elle dit qu'il passe la semaine à Alger, chez son frère, pour l'aider à construire sa maison.

— Tu parles ! Encore un fell qui se planque dans le maquis. C'est sûr. Allez, allez, fissa ! On emmène le vieux et le gamin. Dis à la vieille qu'elle reste chez elle jusqu'à ce qu'on revienne, et que si elle donne l'alerte, je redescends et je lui colle une balle dans la tête. À elle et à tous ceux que je trouverai ici. Allez, on dégage de ce trou.

Ferrero sort le premier, suivi de Mangin, de Berthier et des deux Arabes. Il expire un grand coup, puis inspire une grande bouffée d'air. Plusieurs fois. Manière de s'oxygéner le système nerveux, de se laver les bronches de toute cette violence de merde.

Hadj les rejoint sans traîner.

— C'est bon, mon adjudant. Elle a compris. Et on fait quoi, maintenant ?

— On sort du village par le sentier qui monte. Et en silence. Dans moins de dix minutes, on va tomber sur un renfoncement entre des rochers, sur la droite. Et c'est là que Berthier va nous sortir le grand jeu… Allez, tous derrière moi. On y va…

Étrange spectacle que ces hommes qui grimpent en file indienne, sans bruit, excepté celui, vaporeux, des respirations qui se mêlent.

Six ombres. Six destins en treillis ou en djellabas qui se découpent en filigrane dans la presque lueur du jour.

Le cœur de Berthier se cale sur le rythme des pas, pressé sans être empressé et, peu à peu, accélère jusqu'à obéir aux battements de la peur qui s'installe.

Les hommes s'écartent du sentier et se dirigent vers un amas de quatre pierres massives, disposées en carré, à flanc de pente. Ils se glissent entre les roches, investissent l'espace rocailleux, s'abritent des coups d'œil et du soleil qui pointe. Silence à peine troublé par les buées haletantes.

Il faut en finir avant de voir clairement le visage des hommes, décide Ferrero en tendant son couteau à Berthier.

— Prends ça et tiens-le fermement.

— Qu'est-ce que vous voulez que j'en fasse, mon adjudant ? J'ai le mien.

— Je te dis de prendre celui-là. Il est aiguisé pour. Tu sais bien que je suis chasseur… C'est pas parce que je suis gaucher que tu sauras pas t'en servir. T'es gaucher, toi aussi, non ?

Le cœur qui s'affole et martèle au fond des oreilles.

— Bon, tiens-toi prêt, Berthier. À nous trois, on va te les maintenir, et toi, tu les plantes vite fait. Allez, grouille-toi !

— Comme ça ? Au couteau ?

— Tu ne veux tout de même pas qu'on réveille toute la vallée avec un flingue, non ?

Ferrero arrache le grand-père à Mangin.

— Commence par le vieux. Vous autres, vous bloquez le gamin. Et je ne veux pas l'entendre gueuler. Défoncez-lui le crâne, s'il le faut.

Berthier s'approche du vieillard qui le toise sans baisser les yeux.

— *Naralla ka Allah dib ! Naralla ka Allah dib !*

— Qu'est-ce qu'il dit, Hadj ? Qu'est-ce qu'il dit ?

— Il dit qu'Allah maudit ta race, Berthier. Que t'es qu'un chacal. C'est ça qu'il te dit. Alors, qu'est-ce que t'attends ? Enfonce-le, ce fils de chien, ou il nous tuera tous à la première occasion… Allez, bordel ! Plante-le !

Et tout s'accélère, comme les coups dans les tempes, les oreilles, la poitrine. Berthier serre les dents et enfonce d'un coup sec la lame à travers le tissu.

Ça rentre facilement et les lèvres du vieux cessent de remuer.

La lame ressort et plonge. Une fois, deux fois, dix fois. La sueur trempe le dos du treillis.

— Fumier ! Espèce de fumier !!!

C'est Berthier qui gueule. Comme ça, d'un coup, toutes les colères d'une vie, comme un animal supplicié. Comme si c'était lui qu'on perçait.

— Ferme-là, Berthier ! Il est fini, celui-là. Fais-toi le

gamin, maintenant, et on se tire d'ici.

L'adjudant parle sec. Des mots non discutés. Jamais.

Hadj et Mangin maîtrisent le garçon comme ils peuvent.

Regard d'enfant, désordre des gestes affolés. Un instant, la bouche qui se libère des doigts qui l'emprisonnent. La bouche du gosse qui ne crie pas, mais qui supplie…

— Magne-toi, Berthier. On n'en peut plus…

Hadj empoigne la tignasse du gamin et la tire vers l'arrière.

Et la lame tranche, d'une oreille à l'autre. Sourire kabyle qui gicle et se répand sur les toiles blanches et les tissus kaki.

Le corps s'écroule et les plis de la djellaba se teignent d'un rouge contagieux.

— Il va mourir vite, mon adjudant ?

— Comme un mouton, Berthier. Comme un mouton.

Un bref regard à ses hommes, plus livides encore que la lune qui vient de s'effacer.

— On y va, les gars. Berthier est dépucelé : mission accomplie. Maintenant, mon gars, tu vas pouvoir rentrer chez toi la tête haute.

Étrange spectacle que ces quatre hommes qui redescendent vers le village en file indienne silencieuse. Quatre marcheurs du djebel aux destins désormais obscurcis, bien au-delà de l'imaginable.

Le petit groupe rejoint les quelques maisons qui s'éveillent. Les autres gars de la section font chauffer l'eau du café et allument leur première cigarette.

Un peu plus haut, la où le sable s'est teinté de rouille, le vent s'est glissé entre les voiles sales de coton. Ce vent du matin qui fait se dévoiler les jambes sous l'étoffe.

Les jambes d'un grand-père et d'une fillette aux cheveux courts.

*

Franchir la passerelle.

Comme tous les autres. S'installer à l'arrière du bateau, assis par terre, dos contre le bastingage, et regarder le Sirocco se remplir des soldats qui rentrent chez eux et des pieds-noirs qui fuient, leurs valises bondées de cette vie au bord des larmes.

Antoine Berthier s'est laissé bousculer au gré des coups de coudes et du rire des hommes soulagés.

Le sergent Michaud, de la classe, comme lui, l'a bien appelé du pont supérieur. Sifflé, même. Qu'il les rejoigne, lui et les autres de sa compagnie, sur la coursive bâbord. Ils raconteront, rigoleront un bon coup, feront des belotes et boiront des pastis à l'eau tiède. C'est pas les bouteilles qui manquent !

Antoine n'a plus rien à dire, plus rien à rire, encore moins à jouer.

Les cordes dénouées libèrent la ferraille et les rires par tonnes.

Antoine s'est levé, silencieux. Il a posé ses coudes sur une barre de métal et son regard s'est posé sur l'Afrique du Nord qu'il quitte pour de bon.

Les heures passent, résignées au voyage, et la minute attendue par Berthier devient imminente. Infime poignée de secondes où l'Algérie va disparaître, où le destin des hommes embarqués restera suspendu entre deux horizons à deviner… le large.

Antoine scrute le très loin, bien au-delà du sillage blanc.

Il allume une cigarette qu'il jette aussitôt par-dessus bord.

Plus rien n'a de goût.

L'idée de retrouver la mère, la sœur, les rondeurs rassurantes de sa campagne, a perdu toute saveur.

Toutes les deux, elles le guetteront demain, descendant la passerelle. Il soutiendra les regards, les rires et les pleurs. Elles parleront fort du bonheur, du bon Dieu et de la vie qui va reprendre comme avant. Comme s'il n'était pas parti.

Elles riront comme des folles sans soupçonner un instant que c'est lui qui est devenu fou…

Un groupe d'appelés s'est assis sur le pont, près d'Antoine. Leurs voix se sont faites fortes pour dominer celle des turbines. Les blagues fusent au rythme des exploits exagérés. Entre deux rires, on raconte les torses en nage des types battus qu'on a passés à la gégène et les cris des moukères troussées comme des brebis.

L'un d'eux, apparemment le plus âgé, veut s'allumer une tige. Pas de feu. Il se tourne vers Berthier :

— T'as du feu, camarade ?

Et d'ajouter, après un bref instant d'observation :

— T'en fais, une tête ! T'es pas content de rentrer ?

Antoine Berthier n'a plus envie d'entendre, encore moins de répondre. Et l'autre qui insiste :

— En tout cas, vu la gueule que tu tires, t'as dû en chier ces derniers jours… C'est ça ?

Et les regards se croisent.

— Allez, mon vieux. Viens t'asseoir avec nous. On se raconte les meilleurs trucs. Et il y a de quoi raconter, je te promets. Au fait, tu t'en es fait combien, toi ? Hein, combien ? Tu le sais, au moins ?

Sans quitter l'autre des yeux, Antoine reçoit les mots, les questions indécentes claquées au visage.

— Deux ! Je m'en suis fait deux ! Deux, ça te va ?

— Bon, ça va… Pas la peine de gueuler. Deux bougnoules de plus ou de moins…

Antoine redresse la tête et cherche, sur la coursive supérieure, le regard du sergent Michaud. Jusqu'à le trouver, ne plus le lâcher et puis hurler :

— Deux !!! Deux !!! Vous m'entendez ? Deux !!!

Il sort un pistolet automatique d'une poche de sa parka et tire trois fois en l'air.

Le calme se fait sur tout l'arrière du bateau.

Michaud se penche et fait non de la tête.

Antoine sent le regard des hommes posé sur sa main, son visage, sa silhouette ballottée par le vent.

Le canon noir disparaît entre ses lèvres et le doigt se crispe d'un coup.

*

Le capitaine Murat sort de sa cabine et longe la coursive jusqu'à l'arrière du bateau.

À l'approche du soir, soldats et civils se sont recroquevillés sous les manteaux et les couvertures. La nuit sera longue et fraîche, et le rêve de bras attendus qui s'entrouvrent seront les bienvenus.

Le capitaine gagne la poupe du navire, là où tout à

l'heure, Berthier s'est explosé la tête.

Murat a fait le nécessaire.

Assurer un cercueil de fortune afin d'éviter à la famille la vision du visage arraché.

Et puis la lettre aux parents, les formules toutes faites qui donneront de la fierté aux larmes et feront avorter les questions.

« Antoine Berthier. Deuxième classe Antoine Berthier. »

Le capitaine murmure, face au vent, comme un hommage personnel.

Dix-huit mois qu'il le suit partout, ce petit Berthier. Un brave gosse. Pas fait pour la mort des autres et encore moins pour la donner.

Dix-huit mois à courir dans son ombre, la radio de campagne rivée au dos. Dix-huit mois de loyauté, d'interrogations tues, de questions à jamais ravalées.

Dans moins d'une heure, entouré des officiers et des sous-officiers de sa compagnie, le capitaine Murat assistera à la fermeture du cercueil. Sous les mots doux et rituels de l'aumônier, le visage de ce gamin, les traits creusés par l'insomnie et par la honte, disparaîtra sous la planche soigneusement verrouillée.

Murat balance son mégot dans le sillage du navire. Il expire la dernière bouffée jusqu'au bout et songe à tout ce que Berthier a pu lui raconter de sa jeune vie.

À ce père, ouvrier silencieux des campagnes. À cette mère et cette sœur aux robes sans doute fleuries, qui l'attendront sur le quai, demain. Toujours.

MARSEILLE,
QUARANTE ET UN ANS
PLUS TARD

1

Vendredi 7 septembre 2001

Viviane Dimasco : 9 h 30.

Sébastien Touraine referma son grand agenda sur l'unique rendez-vous de la matinée.

Un coup d'œil à sa montre.

Trois quarts d'heure d'avance.

Presque un mois, jour pour jour, qu'il ouvre les yeux à 6 h 15 au lieu de 7 heures. Sans raison. Sans cauchemar, ni mobile apparent.

Les premiers matins, il a bien tenté de se rendormir. Tenté.

Alors, se résigner. Enfiler ses pantoufles et glisser jusqu'à la salle de bains. Jusqu'à ce premier rendez-vous, redoutable, des hommes avec leur gueule du matin.

Une douche, les litanies de France Info et puis le premier café qui emplit le bol, la cuisine tout entière.

Descendre les boulevards jusqu'à La Samaritaine, en bordure du Vieux-Port. Grignoter un croissant et griller la première clope avant de remonter la Canebière et le boulevard de la Libération jusqu'au croisement des Cinq-Avenues.

Quinze bonnes minutes de marche, à se parler à voix basse, se faire à soi-même les premières confidences du jour. À voix haute, parfois.

Là-haut, à deux pas du carrefour, face au jardin zoologique, grimper les quatre étages de son immeuble. Ouvrir les volets, tirer les rideaux et là, face aux grands arbres du parc, dans la lumière venteuse des matins marseillais, consulter son planning de détective privé et laisser ce sourire lui monter à la bouche à cause de ces quarante-cinq minutes d'avance.

*

Il y a quatre ans, à la sortie de son divorce, le deuxième, comme une sortie de route, il avait posé ses cartons dans ce duplex du boulevard du Jardin Zoologique.

Un coin où les plaies cicatrisent en silence, entre les caisses de livres et les boîtes à chaussures gavées de vieilles photographies en vrac. Des livres et des photos pour uniques bagages, pour uniques témoins.

Y prendre ses marques, respirer les volumes.

S'entendre marcher sur les planchers à vernir et, le soir, apprécier le bruit feutré des pages qu'on tourne.

Jusqu'à s'y sentir bien. Choisir la couleur des murs et la place des choses nouvelles.

Il avait organisé le bas en vaste salon-cabinet et, là-haut, dans l'entrecroisement des plateformes aménagées, il avait agencé, à coups de coussins et de faux Modigliani, un coin sommeil aux allures d'embuscades câlines.

Pour la première fois, Sébastien Touraine s'était senti chez lui.

Et puis Emma… Trois ans déjà…

Une rencontre comme un accident : inattendue et grave.

Emma était partie, l'année dernière. Couchée pour toujours au creux du cimetière juif de la ville.

Usé par les nuits sans sommeil, il avait fini par décrocher.

Quitter provisoirement les lieux pour un deux-pièces sur le Vieux-Port. Quarante-cinq mètres carrés pour sortie de secours.

Dormir ailleurs. Et peu à peu, espaçant les pilules diverses, fermer les yeux jusqu'au réveil. Jusqu'à n'avoir pour seul horizon, le matin, que les pontons et les bateaux qui tanguent.

Quelques mois plus tard, il avait abandonné le duplex du jardin zoologique aux mains d'un maître d'œuvre. Il s'était laissé guider vers d'autres peintures, d'autres papiers, d'autres lumières sur les murs.

Il avait remplacé tous les meubles du bureau et, là-haut, dans la mezzanine, il avait évacué les draps et autres couettes froissés. Et là, dans l'espace libéré, il avait entassé les unes contre les autres, comme des sarcophages, des caisses et des caisses de livres et de photos qu'il ne feuilletterait sans doute plus, mais dont l'idée de vivre sans n'était pas concevable.

*

Plus que trente minutes.

Se concentrer sur madame Dimasco.

Trente minutes pour inventer cette femme, deviner son visage, son allure et, quand elle entrera, sourire de la surprise ou de la surprenante pertinence de l'intuition masculine.

Un coup de fil, hier matin. Une voix traînante, un peu fatiguée. D'emblée, Sébastien avait pressenti une femme au bord de la soixantaine, un peu lasse, sans avoir eu, de toute sa vie, à crier trop ni même à rire. Elle avait dans la voix une musique aux origines provençales indiscutables.

De l'avoir écoutée sans l'interrompre ne lui avait pourtant permis d'apprendre que ce qu'elle avait bien voulu distiller. Qu'elle descendrait de Lyon tôt ce matin, qu'elle logerait à l'hôtel pour quelques jours et que c'était la première fois qu'elle consultait un détective privé.

Au rythme saccadé des phrases, Touraine avait ressenti l'urgence du voyage. Son côté imprévu, peut-être.

Il lui avait fixé rendez-vous ce matin.

Dans vingt minutes.

*

La sonnerie du bas le surprit dans son attente silencieuse.

Les gestes du premier rendez-vous, rituel curieux et

dérisoire, se mirent en place. Tirer les rideaux, allumer la lampe en cuivre du bureau, déboutonner sa veste et, au second coup de sonnette, s'humecter le cou d'un soupçon de Paco Rabanne. Un enchaînement quelque peu désuet, certes, mais, pour Sébastien Touraine, la seule attitude possible face aux premières rencontres.

Une pression pour ouvrir l'entrée de l'immeuble, puis laisser la porte du cabinet entrouverte. Prendre place derrière son bureau et attendre, l'air vaguement occupé :

— Entrez, madame ! Entrez et fermez derrière vous.

Viviane Dimasco claqua doucement la porte et s'engagea dans la pièce principale où Touraine s'était levé, souriant, la main tendue, se disant qu'il n'avait pas imaginé que, malgré un certain âge, elle puisse être aussi jolie que fatiguée…

— Vous pouvez vous débarrasser de votre veste, vous vous sentirez mieux, non ? L'appartement est juste sous les combles, et vous allez voir, tôt le matin il y fait déjà chaud.

Elle prit place sur la chaise, face au bureau, plia les jambes sous les barreaux de bois et posa son large sac en croco sur ses genoux, semblant attendre un signe, un geste encourageant la parole.

La remercier de sa ponctualité et lui poser la première question :

— Si vous me parliez des raisons de notre rendez-vous… Vous venez de Lyon, n'est-ce pas ?

— Oui, c'est ça. Mais comme vous pouvez l'entendre, j'ai conservé mon accent d'ici. Toute ma famille est originaire de Trets, à côté d'Aix. Mon mari et moi sommes montés à Lyon, il y a cinq ans, pour son travail. Il termine sa carrière comme directeur de recherches dans la pétrochimie. Moi, je suis retraitée depuis huit ans. J'étais institutrice dans la région…

Touraine écoutait sans rien dire, sans rien faire qui puisse l'interrompre.

Encore sous l'empreinte d'Emma, il restait sensible aux voix de celles qu'il pressentait douces dès les premières phrases.

Accueillir chacun de ses mots, s'imprégner de cette femme encore belle sous la fatigue des chagrins qu'il avait devinés au premier regard…

— Excusez-moi de vous interrompre, madame Dimasco, juste une question qui me taraude depuis votre appel, hier. Pourquoi contacter un enquêteur à Marseille quand on habite Lyon ?

— C'est vrai que ça ne semble pas évident, mais ça nous amène directement à mon affaire. En fait, si j'ai choisi Marseille, c'est que c'est ici que mon histoire trouvera sa solution. Du moins, je l'espère. Et si mon choix s'est porté sur vous, c'est sur les conseils de notre notaire de famille, Maître Dumas, à Aix. J'ai cru comprendre qu'il vous connaissait bien ?

— Oui, c'est vrai. Nous sommes amis. Mais si vous en veniez à votre affaire.

Viviane Dimasco acquiesça d'un bref mouvement du menton.

— Tout a commencé il y a plus de quarante ans. En mars 1960, pour être précise. J'avais vingt-deux ans, à l'époque. Antoine et moi étions jumeaux et nos parents n'avaient pas eu d'autres enfants. Comme je vous l'ai déjà dit, notre famille vivait à Trets, au pied de la montagne Sainte-Victoire…

— Je situe très bien. Mais continuez, je vous en prie.

— Nous étions une famille plutôt modeste. Mon père était jardinier à la ville et maman faisait des ménages chez les notables du coin. Ils nous avaient élevés sans argent, pour ainsi dire, mais avec tellement d'amour et de principes justes que nous avions eu une enfance plus qu'heureuse. Ce qu'il faut que vous compreniez, c'est qu'Antoine et moi étions aussi proches que nous étions différents. Pour vous donner un exemple, j'étais plutôt une bonne élève alors que lui n'avait jamais été dans le coup. Pas cancre, non. Mes parents, qui croyaient plus à l'école qu'au bon Dieu, ne l'auraient pas supporté. Disons qu'il avait plus l'intelligence des rivières et des forêts, si vous voyez ce que je veux dire, que celle de l'histoire ou des mathématiques. Certains le trouvaient un peu simple, comme on dit. Moi, je le trouvais nature. Original, c'est sûr, mais tellement gentil…

En tout cas, l'armée, elle, n'a rien trouvé à y redire. Bon pour le service, notre Antoine.

En mars 1960, cela faisait dix-huit mois qu'il était en Algérie. Il n'avait eu qu'une seule permission, pour la Toussaint, et nous nous languissions tous qu'il rentre pour de bon. C'est simple, ma mère comptait les jours, et moi, je faisais le calcul à rebours des heures.

Ça peut paraître enfantin, monsieur Touraine, mais il faut comprendre notre attente… Depuis que papa avait perdu ses deux frères en Indochine, en 53, il ne disait quasiment plus un mot. Du coup, maman, bavarde comme elle était, elle avait fait d'Antoine son déversoir à paroles. Une sorte de confident passif, si vous voyez ce que je veux dire…

Touraine acquiesça d'un hochement de tête l'incitant à poursuivre.

— Moi, mon Antoine, je le protégeais comme une maman. J'ai très vite su que la vie lui serait plus difficile qu'à moi, qu'il recevrait souvent des coups sans pouvoir les rendre, alors je me sentais destinée à faire barrage, à le mettre à l'abri des saletés de l'existence. Et je pensais que ça durerait toujours…

Dans le regard de Viviane Dimasco, Sébastien discerna une lueur de nostalgie.

— Un mercredi, reprit-elle, je m'en souviens comme si c'était hier, on a reçu une lettre de lui. Antoine nous annonçait qu'il rentrerait le samedi suivant, par le bateau. Il devait arriver à Marseille en début d'après-midi. Maman et moi, ça nous a rendues comme folles. Vous n'imaginez pas ! Je la revois encore, ma pauvre mère, cogner à toutes les portes de la rue pour annoncer la nouvelle. Dans les jours qui ont suivi, avec les gens du quartier, on a préparé la fête pour le samedi soir.

C'était extraordinaire ! Ces trois jours sont passés comme un coup de mistral et, maman et moi, on s'est retrouvées, le samedi, sur le quai des docks, au port industriel, à hurler et pleurer nos « Vive la France » comme tous ceux qui étaient là.

Et puis les soldats sont descendus par les passerelles. Et nous, on a guetté, scruté chaque visage pendant deux bonnes heures. À la fin, j'avais l'impression de m'être vidée de mon sang au même rythme que le bateau de ses passagers.

Maman et moi, on n'osait plus se regarder. La foule sur le ponton avait commencé à s'éparpiller, et nous, malgré l'espace libre, on s'est collées peu à peu l'une à l'autre.

C'est là que le capitaine Murat s'est approché. Je l'ai tout de suite reconnu parce qu'Antoine nous avait envoyé des photos de sa compagnie. Il faut dire aussi que pendant sa seule permission, mon frère nous avait beaucoup parlé de cet homme. Un officier d'à peine trente ans qu'Antoine craignait et admirait en même temps. Un peu comme on le fait d'un grand frère, si vous voyez…

« Mort au combat. » C'est tout ce qu'il nous a dit. Ou à peu près. Que ça s'était passé deux jours avant l'embarquement. Qu'il n'avait pas pu nous prévenir. Il a précisé que le cercueil serait transporté chez nous le soir même. Au moment de nous laisser là, il nous a tendu une enveloppe et la valise d'Antoine. Avant de saluer ma mère et de me serrer dans ses bras, il a ajouté que le ministère prendrait contact. Une médaille, sans doute. Un discours officiel, c'est sûr.

Alors, maman et moi avons repris le car pour Trets, en espérant, tout le trajet, que le cercueil n'arrive pas avant nous. Avec le recul, vous voyez, ce qui me paraît à peine croyable, c'est que pendant le voyage, aucune de nous deux n'a pleuré. Ni maman, ni moi n'avons craqué. Un peu comme si nous économisions nos larmes pour tout le reste de nos vies…

Touraine s'était laissé surprendre, envahir même, par l'émotion de Viviane Dimasco. Difficile de trouver la distance nécessaire. De prendre une posture simple, discrètement protectrice.

Se lever.
Voilà, se lever.

Lui proposer de passer au coin salon. C'est plus confortable et moins protocolaire.

Trouver refuge dans la cuisine, une minute ou deux, le temps de préparer un café.

Poser le plateau fumant sur la table, les cordes du ventre un peu détendues par la diversion.

Prendre place dans le large fauteuil d'osier, seul souvenir visible qu'il avait conservé d'Emma.

Madame Dimasco s'installa au bord du canapé et lui fit face, remuant avec délicatesse le sucre au fond de sa tasse.

Sébastien toussota et reprit :

— J'imagine que ce fut terrible. Insupportable, même. Mais j'aimerais comprendre ce qui lie la disparition de votre frère à votre venue aujourd'hui.

Viviane Dimasco demanda si elle pouvait fumer. Que c'était rare, mais que là, elle en ressentait le besoin.

Touraine tendit son briquet sous la cigarette mentholée.

— Pour tout vous dire, jamais je n'aurais pensé que cette affaire me reviendrait après autant d'années.

Le détective songea aux cadavres qui remontent parfois à la surface des lacs, une fois leurs liens rompus par l'usure du temps.

— Ça remonte à la semaine dernière. Mardi soir, exactement. On allait passer à table quand j'ai reçu un coup de fil d'une certaine Sylvie Michaud. Je n'avais jamais entendu parler d'elle. D'emblée, elle m'a demandé si j'étais bien la sœur d'Antoine Berthier, mort en Algérie. Vous imaginez ma stupeur ! J'ai même dû m'asseoir.

Et puis, elle a continué. Elle m'a dit que René, son mari, avait fait son service dans le même régiment qu'Antoine. Qu'il avait fini sergent, mais qu'il avait eu la chance, lui, de rentrer vivant.

Elle a ajouté qu'il était très croyant et qu'elle m'appelait parce qu'avant de mourir de son cancer du poumon, il lui avait demandé de révéler la vérité. Que d'après lui : « *Le petit Berthier n'était pas mort au combat. Que ça, c'était la version officielle, celle qu'on les avait obligés à dire. Qu'en fait, Antoine s'était suicidé sur le bateau du retour, devant tout le monde. Que c'était un gamin qui vivait une souffrance insupportable et qu'il avait pété les plombs. Que ce gamin avait une sœur, Viviane, dont il nous rabâchait les oreilles et qu'il fallait lui dire, à cette sœur, si Dieu lui prêtait encore vie. Tout lui dire.* »

Voilà, en gros, les mots du sergent Michaud.

Viviane Dimasco se tut, épuisée par le flot de ses paroles.

— Et alors, qu'avez-vous fait ? encouragea Touraine.

— Rien. Je suis allée me coucher.

Elle était restée au lit plus de vingt-quatre heures, les yeux rivés au plafond à se laisser gagner de toutes les fièvres possibles…

— Vous ne savez pas ce que c'est, vous, les hommes, cette brûlure du chagrin, cette rancœur aveugle et je ne sais quoi encore qui bouffent le ventre des mères et des sœurs de ceux qui ne reviendront pas. Non, vous ne connaîtrez jamais…

Touraine préféra se taire, se laisser frôler par la douleur sourde de cette femme et la laisser continuer.

— Le matin suivant, dans la boîte aux lettres, j'ai trouvé une grosse enveloppe envoyée par cette madame Michaud.

Elle lui tendit une chemise cartonnée qu'elle posa sur la table basse.

— Vous y trouverez tous les documents dont je dispose. Le courrier de cette dame, les documents militaires d'Antoine, des photos de régiment et puis sa dernière lettre. Je vous ai noté aussi les noms et adresses des soldats les plus proches de mon frère. Il y en a trois ou quatre et, d'après mes recherches, ils n'ont pas quitté la région. Vous pourrez les trouver facilement.

Voilà, c'est tout… Ce que je vous demande, c'est juste de les rencontrer. Ils vous diront ce qui est arrivé à Antoine. J'en suis sûre.

Elle écrasa sa cigarette, puis le regarda en souriant d'un air las :

— Vous comprenez, on a eu tellement de chagrin ! On l'a tous imaginé, notre Antoine, en train de mourir un fusil à la main, là-bas, quelque part entre les rochers. Mes parents et moi, on a passé toute notre vie avec cette image dans la tête. Et ils sont morts avec.

Alors, je fais comment, maintenant, avec ce suicide sur le bateau à quelques heures de nous retrouver ? Vous comprenez que c'est insupportable, monsieur Touraine. Absolument insupportable.

Si Antoine a mis fin à ses jours, je veux en connaître les raisons. Pour moi, pour mes parents, pour sa mémoire à lui. La mort d'un frère, c'est déjà difficile, mais si à la colère on ajoute le doute ! Alors…

Viviane Dimasco détourna son regard.

— Je vous en prie, madame. Moi aussi, j'ai appris à gérer la colère et le chagrin. À essayer, du moins…

Il lui tendit à nouveau son briquet et poursuivit :

— Avant d'accepter de m'occuper de votre affaire, j'aimerais comprendre quelque chose.

Elle fit craquer la pierre, voila de fumée son regard brillant.

— Pourquoi ne les rencontrez-vous pas vous-même, ces soldats ?

— C'est très simple. Parce que j'ai peur qu'à moi, une femme, ils ne parlent pas. La guerre et toutes les souffrances qui vont avec, ce sont des histoires d'hommes, monsieur Touraine. Il est probable qu'entre vous la confidence sera plus facile, naturelle même…

— Oui, vous avez sans doute raison.

Se lever, accepter le chèque d'acompte et la raccompagner à la porte de l'appartement.

— Je suis descendue au Grand Tonic Hôtel, sur le Vieux-Port.

— Je connais. C'est à deux pas de chez moi

— Vous me tenez au courant ?

— Si j'ai du neuf, vous aurez des nouvelles dès lundi. Ça me laisse le week-end. Comme je ne suis pas débordé, ça devrait avancer.

En l'observant descendre prudemment les escaliers de bois, il ajouta :

— Vous pouvez compter sur moi. À très vite.

La porte se referma derrière les talons de la visiteuse qui s'éloignait vers le rez-de-chaussée.

Se resservir un café, ouvrir la porte-fenêtre du salon sur la terrasse pour dissiper l'odeur inhabituelle des cigarettes mentholées.

Il se laissa tomber sur le divan, étala les lettres et les photographies devant lui.

Entre deux doigts, un cliché noir et blanc. Un jeune soldat assis en souriant sur l'aile d'un camion GMC.

Antoine Berthier ne présentait pas de signes particuliers. Un fils des collines à qui le père avait oublié de léguer la rudesse nécessaire. Il avait gardé dans le regard, jusqu'au coin du sourire, une parcelle d'enfance qui ne l'avait sans doute jamais quitté.

Touraine fixa le visage, longuement.

Premier face à face.

Après dix-huit mois d'Algérie, ce gosse s'était suicidé à quelques heures des retrouvailles avec sa vie d'avant.

Curieusement, alors que rien de précis ni même de vague ne le reliait à Antoine Berthier, Sébastien Touraine prit conscience du trouble qui venait de l'envahir.

Un cri de colère qui monte et qu'il sait reconnaître depuis toujours. Ce gémissement de petit garçon face à l'injustice des hommes.

2

Vendredi, 14 h 30

Le break Volvo déboucha sur le parking du McDo et se gara sans difficulté à cette heure de l'après-midi.

Vingt minutes à tourner dans le quartier, au ralenti, jusqu'à marquer un temps d'arrêt devant le petit immeuble où vivait l'ex-adjudant Ferrero.

Quatre étages de béton gris pour de simples vies bousculées qu'il supposa en phase terminale. C'est ce qu'il avait ressenti face aux murs de ciment, aux stores baissés qui font vivre dans l'ombre. Une tristesse délayée d'ennui comme on n'en trouve qu'au bout des villes qui ne savent pas finir.

Touraine fit claquer sa portière, avança jusqu'à la lourde porte vitrée du fast-food. L'envie de café chaud et de s'en griller une était devenue l'urgence.

Avant de débarquer dans la vie d'un homme, il lui fallait s'imprégner du décor. Respirer les senteurs de la rue, écouter les cris des gosses dans la cour de l'école voisine et percevoir, au loin, les consignes gueulées par les ouvriers perchés sur leur grue.

Avant de poser le pied dans une autre existence, il avait besoin d'observer les fenêtres et les maisons autour, de se laisser pénétrer par tout ce qui compose l'ordre et le désordre. Poser son regard sur l'horizon d'un autre avant de sonner à sa porte, à sa vie.

Touraine prit appui sur une rampe d'acier chromé, souffla sur le gobelet brûlant, le temps de tirer quelques bouffées entre deux gorgées prudentes.

Étrange quartier que ce coin du 14e arrondissement. Déjà si loin du centre-ville, de ses bateaux, et pourtant si loin encore de la campagne.

Ici, les blocs et les tours avaient poussé comme des verrues autour des bâtisses bourgeoises des années vingt. De grandes maisons de pierres, de faïences, de tonnelles, de pergolas et d'oliviers, comme égarées entre les ombres du béton. Le rire des femmes à bicyclette, les dimanches insouciants d'entre les guerres s'étaient évaporés, laissant les vastes demeures à leurs destins abandonnés.

Le chemin de Sainte-Marthe n'était plus qu'un axe interminable qui fuyait tout droit vers le nord. Une avenue comme une cicatrice qui s'étirait sans fin, entrecoupée de ronds-points et de rocades, cernée de terrains vagues et de barres d'immeubles posées au hasard des vies gâchées.

Çà et là, quelques Arabes avaient planté leurs épiceries de fortune et, sur les terrains de foot pelés, des gamins clamaient leurs existences poussiéreuses.

Touraine écrasa sa cigarette au fond du gobelet qu'il posa au sommet d'une poubelle pleine et remonta le chemin de Sainte-Marthe jusqu'au 276.

*

Depuis son passage en voiture, le parking s'était rempli. Au rez-de-chaussée, derrière un voilage blanc, une silhouette de femme l'observait s'avancer. Quand il avait ralenti, tout à l'heure, elle était déjà à son poste. Probable qu'elle y passait la journée. Des jours entiers en sentinelle. On comble le vide comme on peut, songea Touraine en grimpant les quelques marches qui menaient à la porte d'entrée.

Livrer son nom à l'interphone et laisser la porte s'entrouvrir. Un coup d'œil aux boîtes aux lettres lui indiqua le troisième étage gauche.

Gravir les marches et laisser les paliers déverser, au travers des portes en aggloméré, les voix des feuilletons qui meublent l'existence des êtres vieillis, et les odeurs de soupe qui mijotent jusqu'au soir.

La porte s'ouvrit sur une petite femme à la cinquantaine cernée qui lui serra la main et l'invita à entrer entre deux sourires las.

— Vous êtes un ami d'André ?

— Non, pas vraiment. Voici ma carte.

Un regard au bristol avant de s'étonner :

— Détective privé ? Entrez. Si vous pouvez nous

aider à comprendre ce qui s'est passé…

Elle ouvrit sur le salon.

— Attendez-moi là. Je vais chercher ma mère.

Dans la pièce, une dizaine de personnes, en petits groupes, parlaient à voix basse.

Madame Ferrero apparut, accompagnée de sa fille. Sur son visage, les ombres racontaient sans mentir une vie de garnisons, de déménagements incessants, de guerres sans nom et d'inquiétudes ravalées.

Touraine songea que le noir et le gris du chemisier soulignaient un peu plus encore la couleur sombre du rimmel étalé sans élégance, sans autre envie que de maquiller, en vain, la tristesse visible…

— Merci, monsieur. Merci de venir nous aider. Parce que nous, vous savez, on ne comprend rien. Mais vraiment rien. Venez, nous serons mieux dans la cuisine pour parler. Mais peut-être voulez-vous d'abord voir mon mari ?

Touraine s'entendit prononcer un petit « oui » à peine audible, avant de se laisser mener dans un couloir marron aux rayures jaunes, jusqu'à la chambre du fond.

Le lit, poussé contre la fenêtre, avait laissé place à un cercueil, posé sur des tréteaux recouverts d'une toile gris anthracite. Quelqu'un avait tiré les doubles-rideaux sur le soleil d'après-midi, et l'unique lampe de chevet offrait à la pièce une pénombre de circonstance.

André Ferrero flottait dans son habit militaire. Les médailles et les décorations ornaient sa poitrine et le satin bleu du cercueil soulignait le bleu plus foncé qui lui barrait le front jusqu'à l'arcade sourcilière droite.

Touraine songea un instant à la face des morts.

Qu'une fois la vie partie, c'est un autre visage qu'ils nous jettent à la gueule. Un rendez-vous comme un vertige glacé auquel nous ne sommes jamais prêts.

Il s'avança, se saisit du goupillon, esquissa une croix dans l'air, puis se rapprocha de Madame Ferrero :

— C'est arrivé quand ?

— Avant-hier. Je n'aurais jamais cru que mon André en arriverait là. J'ai même encore du mal à le croire, vous savez…

Se taire. Laisser la vieille femme lui livrer ses mots, sa douleur. L'aider même, un peu, en posant çà et là de simples points d'interrogation :

— C'est arrivé comment ?

Madame Ferrero sortit de sa poche un mouchoir roulé en boule et s'essuya le nez avant de poursuivre :

— Ça fait des années qu'André était diabétique. Mais on s'habitue à tout, vous savez. Même après quatre-vingts ans. Mon mari avait appris à se faire ses piqûres lui-même. Plusieurs fois par jour, il s'isolait avec son matériel. Ça faisait partie de notre vie. On faisait avec, quoi ! À part ça, tout allait très bien. On faisait même des projets. En novembre prochain, nous devions réunir toute la famille pour fêter nos soixante ans de mariage. Non, vraiment je ne comprends pas ce qui lui est passé par la tête… À moins que vous nous aidiez, monsieur.

Elle le fixa de son regard noir.

— Détective privé, c'est un métier pour trouver, non ?

— Oui, c'est bien ça. Mais pour que je vous aide, il faut que vous me racontiez votre journée d'avant-hier. Tout, dans le moindre détail.

Madeleine Ferrero tira l'unique chaise de la chambre à elle.

— Excusez-moi, mais je suis si fatiguée…

Touraine fixa son regard et lui sourit, sa façon à lui de l'inviter au récit.

— C'était dix heures du matin. Madame Simonet – c'est notre voisine du dessous – est venue me chercher pour faire les courses au Géant Casino de Plan de Campagne. André et moi, on ne conduit plus depuis des années, alors c'est notre voisine qui nous aide. Elle est au chômage et se débrouille toute seule avec ses deux petits, et nous, on est des vieux. Alors, on s'entraide comme on peut…

— Votre mari n'avait pas pour habitude de vous accompagner ?

— Non, il préférait rester ici à faire des mots croisés en buvant son café.

— Combien de temps vous êtes-vous absentée ?

— Presque trois heures. Il y a tellement de monde dans ces magasins !

— Et c'est pendant votre absence que c'est arrivé ?

— Oui. Il a profité d'être seul pour le faire.

— Faire quoi, au juste ?

— Une overdose, comme on dit. Une quantité d'insuline beaucoup plus importante que d'habitude. Un truc à tuer un cheval. C'est ce que m'ont dit les pompiers. Quand on est rentrées des courses, on l'a retrouvé par terre dans notre chambre. Je n'oublierai jamais. Sa manche retroussée, la seringue qui avait roulé sur le côté, son visage en sang… Mon pauvre André. En tombant, il avait dû se blesser à un des montants du lit. J'ai appelé le

SAMU. Ils sont arrivés tout de suite, mais il n'y avait plus rien à faire. Ils m'ont expliqué plein de trucs, mais moi, vous savez, la médecine… Par contre, si ça peut vous aider, le docteur Santucci – c'est notre médecin de famille – il est dans la cuisine avec ma fille. Il aimait bien André et passe nous voir régulièrement.

Elle se leva péniblement et invita Touraine à la suivre.

*

Touraine posa sa tasse vide sur la toile cirée.

— Ce que j'aimerais que vous m'expliquiez, docteur, c'est le processus précis qui a conduit à la mort d'André Ferrero.

Santucci demanda s'il pouvait en fumer une. Madame Ferrero entrouvrit la fenêtre et posa un cendrier sur la table.

— Pas de souci, docteur. Vous savez bien, mon pauvre André a toujours fumé à la maison. Alors…

Et Santucci de commencer son explication :

— André Ferrero était atteint d'un diabète insulinodépendant. C'est la raison pour laquelle, à raison de plusieurs fois par jour, il se faisait des injections d'insuline, par voie sous-cutanée profonde. En général, on se pique la cuisse ou le ventre. Mais avant-hier, il s'est injecté une dose beaucoup plus forte que d'habitude. Un méga shoot, pour être clair. Et ça, je peux vous dire que ça ne pardonne pas. Surtout à son âge.

— Vous voulez dire qu'il n'avait aucune chance de s'en sortir ?

— Pratiquement aucune. Il est tombé dans un coma

hypoglycémique quelques minutes après l'injection. Quand son épouse l'a découvert, c'était quasiment fini. Moi, je suis arrivé peu de temps après le SAMU. Il n'y avait plus rien à faire. Comme je vous l'ai dit, à cette dose, ça ne pardonne pas. En fait, c'est un des moyens les plus efficaces et les moins douloureux de mettre fin à ses jours…

— À condition d'en être informé et de pratiquer l'intraveineuse…

— Apparemment, c'était le cas…

— Vous savez, coupa madame Ferrero, mon mari avait appris à se piquer en Indochine. En cas de blessure ou de maladie, fallait pouvoir faire face, là-bas.

Touraine se glissa une Marlboro entre les lèvres et posa au médecin la question qui le taraudait :

— Il avait donc à sa disposition suffisamment d'insuline pour s'injecter une dose mortelle ?

— Oui, bien sûr. Comme tous les diabétiques habitués à gérer leur traitement, il avait au moins deux semaines de médication d'avance. Par contre, ce qui m'a surpris, c'est la seringue. J'avoue que je n'ai toujours pas compris…

— C'est-à-dire ?

— Je m'explique. André s'est piqué avec une seringue pouvant contenir la dose d'insuline nécessaire. Et cette seringue de grande capacité, personne ne l'avait remarquée auparavant. Il avait dû l'acheter récemment et la cacher quelque part. Mais comme il sortait très peu… En tout cas, pour moi, ça reste un mystère.

Madame Ferrero les interrompit à nouveau :

— Pour moi, le vrai mystère, c'est la raison de son

geste. Rien ne laissait prévoir ça. Pas un signe. Rien ! C'était un homme gai, André. Toujours de bonne humeur, toujours une blague à raconter, pas vrai, docteur ? Et puis les projets, c'est pas ce qui lui manquait. Il était même en train d'organiser un voyage chez nos petits enfants, en Bretagne. C'est pour vous dire !

Elle se tut un instant, le regard fixé au carrelage.

— Et puis on l'a retrouvé comme ça. Pas une lettre, pas un mot. Vraiment, je ne comprends pas. Pourtant, il a bien dû se passer quelque chose… On ne décide pas de mourir comme ça, d'une heure sur l'autre !

Elle remplit à nouveau les tasses et ajouta :

— Et vous, monsieur Touraine, vous le connaissiez comment, mon mari ? Parce que de détective privé, il ne m'en avait jamais parlé.

— Pour tout vous dire, nous ne nous étions jamais rencontrés. C'est un de ses anciens compagnons d'armes, un certain René Michaud, qui m'a demandé de le joindre. En fait, j'ignorais le décès de votre époux. Je voulais juste le voir, parler un peu pour tenter d'éclaircir un événement survenu pendant la guerre d'Algérie. Il vous parlait parfois de cette période ?

— Non, le moins possible. André, c'était pas le genre à ressasser le passé. Il avait fait son boulot, là-bas, c'est tout. Après, on a dit que c'était des tueurs, des assassins. Il ne le supportait pas. Lui qui était si calme, ça le mettait dans une rage ! Tout ce qu'il en disait, c'est qu'il n'avait fait que son devoir, et que des tueurs, il y en avait des deux côtés. Voilà ce qu'il en disait. C'était un brave homme, André, mais fallait pas lui parler des bougnoules. Il serait devenu méchant. Faut dire qu'il en avait bavé, là-bas. Alors, de voir nos quartiers envahis, ça le foutait plutôt en rogne. Faut comprendre…

Touraine écouta les mots se déverser dans la cuisine et ne put s'empêcher de penser aux haines et aux peurs qui privent les hommes de vivre ensemble. Et que les guerres sans nom laissent plus de cicatrices que les conflits que l'on ose nommer…

— Je comprends, madame, reprit Touraine. Les guerres n'ont jamais renvoyé chez eux que des hommes abîmés. À propos de cette guerre, est-ce qu'il lui est arrivé d'évoquer devant vous un certain Antoine Berthier ? C'était un jeune appelé du contingent qui faisait son service en Algérie, dans la même compagnie que votre mari.

— Non. Jamais entendu ce nom-là. Et puis, c'est si loin, maintenant. À son retour d'Algérie, il est resté encore quelques années dans l'armée, et puis il a trouvé une place dans une société de gardiennage. Il a fini par y devenir responsable des équipes de sécurité. Jusqu'à la retraite. Aussi, l'Algérie, il n'en parlait quasiment plus. De temps en temps, il se rendait bien aux réunions d'anciens combattants. Et encore, avec son diabète, ça faisait quelques années qu'il n'y allait plus.

— Il n'avait donc plus de contact avec ses anciens camarades de combat ?

— Non, je vous dis. Pas depuis des années.

Touraine salua le médecin et prit la main de madame Ferrero.

— Vous aviez raison, tout à l'heure. Trouver, c'est mon métier. Et je vais trouver.

Il descendait les premières marches quand la porte se rouvrit derrière lui.

Madeleine Ferrero se pencha au-dessus de la rampe :

— Excusez-moi, juste un détail. Avec tout ça, ça m'était sorti de la tête. Comme je vous l'ai dit, mon mari n'avait plus de rapports avec l'armée depuis des années. Mais il y a trois jours, il a reçu un coup de téléphone d'un ancien d'Algérie. Je le sais parce que c'est moi qui ai décroché. L'homme ne s'est pas présenté. Il a juste dit qu'il était du 7e chasseur et qu'il voulait parler à André. Voilà, c'est tout.

Comme pour mieux poursuivre la conversation, Touraine était remonté de quelques marches.

— Leur discussion a duré combien de temps ?

— Pas très longtemps. J'sais pas, moi, peut-être une minute.

— Et votre mari, comment il était, après ?

— C'est difficile à dire. André n'était pas le genre d'homme à laisser voir ses sentiments. Il m'a rejointe et a continué à regarder la télé, mais c'est vrai que je l'ai senti ailleurs. Je lui ai même demandé si quelque chose n'allait pas. Il m'a répondu que le temps qui passe n'est qu'une immense supercherie. Une vaste blague de mauvais goût, quelque chose de ce genre… Moi, je n'ai rien compris à ce qu'il voulait me dire, mais en y repensant, il n'était pas comme d'habitude. Il n'arrivait pas à se concentrer sur l'émission, et je sentais que quelque chose en lui s'était tendu. Je ne sais pas si vous comprenez ce que je veux dire…

— Si, si, je comprends. Merci encore, madame Ferrero. Et vous pouvez compter sur moi. Dès que j'ai du nouveau, je reviens vers vous. Merci encore, et à très vite.

Hâte de retrouver la rue, la vie.

En traversant le parking, il sentit le regard de la voisine du bas accroché à son dos jusqu'à ce qu'il disparaisse derrière la première maison.

16 heures à sa montre.

Rejoindre sa voiture et filer chez l'ex-caporal-chef Mangin, dans le 13e arrondissement.

Le vent du sud s'était levé sans prévenir. Bousculé par les rafales, Touraine descendit le chemin de Sainte-Marthe, les yeux presque clos face aux nuages de poussière et de sable soulevés par les bourrasques.

Il démarra après s'en être allumé une et s'engagea sur l'immense rond-point avant d'emprunter la rocade qui mène vers l'est, au quartier de la Rose.

Ferrero, perdu dans son uniforme trop grand, et son front bleui par la chute lui revinrent à l'esprit ainsi que les mots et les gestes précis du médecin qui tentait d'expliquer l'inexplicable.

Il sentit alors un sentiment étrange prendre place en lui.

Celui d'être bizarrement passé du stade d'enquêteur à celui de témoin. Mais d'avoir regardé sans voir. Qu'en fait, les secrets du drame s'étaient habilement joués de lui.

3

Sur la boîte aux lettres, une carte de visite au liseré bleu-blanc-rouge glissée sous une protection plastique.

À droite de la grille, une corde traversait le jardin jusqu'à la porte d'entrée où pendouillait une cloche que Touraine fit vibrer d'un geste brusque.

Le break Volvo s'était garé sans hésiter devant le 7 de l'allée des Bergeronnettes. Pas le temps de respirer l'air du quartier, de prendre la température ou de s'imprégner de quoi que ce soit.

Cette impression désagréable d'être passé à côté de l'essentiel chez Ferrero ne l'avait pas quitté. La prescience que quelque chose ne tournait pas rond avait pris le dessus et c'est cette obsession qui, le temps du trajet, était devenue maîtresse de son rythme et de ses gestes.

Touraine tira une seconde fois sur la corde et le voisin sortit dans son jardin :

— Pas la peine de réveiller le quartier ! Il est pas là, le François.

Le vieux d'à côté s'était approché du grillage mitoyen.

— On l'a pas vu depuis hier. Alors, c'est pas la peine d'insister. Et puis, vous lui voulez quoi, au juste ?

— Rien… Enfin, si. Disons, une vieille histoire à résoudre. Mais dites-moi, c'est dans ses habitudes à monsieur Mangin, de s'absenter plusieurs jours ?

— Oui, des fois. Il a sa fille à Toulouse, alors depuis que sa pauvre femme est morte, il y a deux ans, il y va plus souvent qu'avant. Mais là, sans vouloir me mêler, c'est pas chez elle qu'il est parti…

— Qu'est-ce qui vous fait dire ça ?

— Ben, il a pas fermé ses volets, pardi ! Et c'est pas son genre, au François, de s'en aller en laissant tout ouvert. Vous pensez, avec tout ce qui traîne comme vermines… Non, je crois plutôt qu'il est parti en java avec un des anciens de l'armée et qu'ils s'en sont mis une belle. Parce que le François et la bouteille, si vous voyez ce que je veux dire…

Touraine lui tendit sa carte.

— Quand il rentrera, donnez-moi un coup de fil. Ou dites-lui de m'appeler, c'est assez urgent.

Le vieux fourra la carte dans sa poche sans même y jeter un œil.

— Bon, c'est pas tout ça. Avec ce putain de vent, c'est la flotte qui va nous tomber dessus. Je vous laisse. Adieu.

Touraine jeta un dernier regard à la maison de Mangin. Modeste villa sans étage, aux murs décrépis, bouffés çà et là de lézardes et d'auréoles humides. Il songea un instant que les maisons des vieux se rident, elles aussi. Que le temps, entre leurs murs, s'étire avec plus de lenteur que celui des hommes, mais qu'elles n'éviteront ni l'usure ni l'oubli.

Il démarra et fit demi-tour au bout de la rue, laissant derrière lui le jardinet à la dérive, quelques oliviers rabougris balayés par le vent et le souffle bruyant des rafales couvrir totalement les grattements éperdus d'un petit chien derrière la porte d'entrée.

*

Touraine s'engagea dans la rue Chicot et s'immobilisa, à cheval sur le trottoir, face à la maison de Mohamed Hadj.

Finir sa cigarette, observer la façade imposante et, dans le silence de l'habitacle, se préparer à la visite suivante.

Dans le jardin qu'on devinait immense derrière la palissade, de grands arbres s'abandonnaient aux secousses des bourrasques. Les fenêtres côté rue, étroites comme des meurtrières, étaient toutes barreaudées.

Dans les rues de Marseille, les paquets de clopes froissés, les journaux lus, relus, les emballages de pizza s'envolent le long des trottoirs, et chacun dans la ville, comme dans l'enceinte des prisons, s'abrite derrière d'immenses murs garnis de tessons à vif.

*

Probable qu'à l'arrière de l'impressionnante bâtisse,

de larges baies vitrées ouvraient sur le jardin et la lumière du sud.

Touraine confia son mégot au caniveau et fit résonner le heurtoir métallique sur la lourde porte de bois.

À moins de cent mètres, la rue tournait sur la droite et se prolongeait jusqu'au boulevard Garoutte.

Là où la rue Chicot bifurquait, au rez-de-chaussée d'une maison de ville à un étage, une vieille femme ouvrit sa fenêtre et lui fit signe d'approcher :

— Ils ne sont pas là. Ils sont tous à l'enterrement. Mais entrez, monsieur, avec ce vent…

*

Presque 18 heures quand il regagna sa voiture. Il s'installa derrière le volant, baissa la vitre et s'en grilla une avant de démarrer.

Madame Bécari lui avait tout raconté.

Étranges, ces vieux. À leurs rares visiteurs, ils témoignaient de leur difficulté à se rappeler les choses récentes, les consignes de la veille. Comme si les mots et les faits encore proches ne trouvaient place au fond de leur cervelle saturée. Jusqu'au jour où, témoins d'un événement, ils semblent alors intarissables, les mains et les yeux soudain en mouvement, inépuisables jusqu'au moindre détail de leur mémoire ressuscitée.

Alors, elle lui avait tout dit. Un flot de paroles ininterrompues, comme si la moindre pause pouvait être fatale au récit.

Qu'elle n'a pas pu aller à l'enterrement, « vous pensez, avec ma jambe folle ! » mais qu'elle était bien triste.

— Tellement gentil, ce monsieur Hadj. Arabe, c'est sûr. Mais bien comme il faut, vous savez. Et puis il a fait la guerre du côté des Français, c'est un signe, quand même.

Et l'autre voyou, vous croyez que la police va mettre la main dessus ? Franchement, aller écraser un vieux bonhomme sur le trottoir et même pas s'arrêter pour voir s'il vit encore ! C'est avant-hier que ça s'est passé. Vers sept heures du matin, boulevard Garoutte, juste là derrière. Il rentrait de sa promenade, comme tous les matins, avec son chien. Si c'est pas malheureux ! Heureusement, il y a un monsieur qui a tout vu de sa fenêtre. Même qu'il a dit que c'était pas un accident. Que c'était comme un meurtre.

— Un meurtre ?

— Oui, c'est ce qu'il a dit. Un véritable assassinat. Il habite juste derrière, dans la résidence des Acacias, et il a tout vu de son balcon, tout.

Elle se tut quelques secondes, le temps de reprendre son souffle :

— Mais vous, au fait, vous êtes de la police ?

Besoin de la rassurer. Alors mentir dans une explication emberlificotée, noter le froncement de ses sourcils qui s'estompe et, la sentant proche de conclure, lui laisser dire ses derniers mots :

— Allez le voir, ce monsieur. Il s'appelle Brasco, je crois. Il a tout vu. C'est sûr qu'il vous racontera. Faut qu'on l'attrape, le salaud qui a fait ça. Je ne suis pas méchante, vous savez, mais faudrait quand même qu'on le tue. Ça ne mérite pas de vivre, des vermines pareilles.

Touraine la remercia et, courbé entre les gouttes de

l'averse qui commençait à tomber, il courut jusqu'à sa voiture, songeant à la vengeance populaire et qu'au fond du cœur des foules, rien n'avait vraiment changé.

*

— Si c'est la voisine du vieux monsieur qui vous envoie, vous pouvez entrer. Mais vous savez, j'ai déjà tout dit à la police.

Lucas Brasco s'effaça et prit la carte de visite.

— Suivez-moi. Je vais vous montrer où ça s'est passé.

Touraine lui emboîta le pas, slalomant au mieux entre les cendriers pleins, les bouteilles vides et les cassettes pornos.

— Faites pas attention au bordel. La femme de ménage ne vient que demain. Et puis vous savez, les hommes seuls…

Touraine se dit qu'il savait, mais que sa solitude à lui n'avait pas pris l'allure d'un dépotoir.

Depuis le balcon, la vue était dégagée sur la pelouse qui séparait la résidence du boulevard Garoutte.

— J'étais là. Juste où vous êtes. Comme tous les matins, je prenais mon café vers 7 heures, avant d'aller bosser. Ah oui, je vous ai pas dit, je travaille à la ville.

Il se racla la gorge, glaviota par-dessus le balcon.

— Je fumais ma première clope, tranquille, et puis j'ai vu ce monsieur avec son chien, comme tous les jours, sur le trottoir, là-bas. Il descendait cette portion du boulevard avant de tourner à droite, dans la rue Chicot. Et puis tout s'est passé très vite. La voiture, je ne l'ai pas entendue arriver. Juste l'accélération, le moteur qui s'emballe et l'embardée sur le trottoir. Le vieux est passé par-dessus le capot et a atterri un peu plus loin sur la route. Le chien, lui, il avait foutu le camp en gueulant, vous pensez ! Moi, j'ai même pas pu crier. J'étais comme pétrifié. Mais quand j'ai vu la bagnole faire marche arrière et repasser sur le corps, là, j'ai gueulé. Vous pouvez pas savoir. Comme si j'explosais. Et puis il a démarré en trombe en écrasant le bonhomme une fois de plus. Là, je suis descendu en courant. Il y a des voitures qui s'étaient arrêtées et les gens commençaient à s'attrouper. Le pauvre monsieur était recroquevillé dans une flaque de sang. J'ai tout de suite compris qu'il était mort. Les flics sont arrivés en même temps que les pompiers. Je leur ai tout raconté. Tout. Que j'avais malheureusement pas pu voir la plaque de cet enfoiré, vu que j'avais pas mes lunettes. Juste que c'était une BM blanche. Un coupé, ancien modèle, genre 3.18 ou 3.20. Vous voyez quoi ?

Touraine hocha la tête.

— Voilà ce que c'était. Un putain de meurtre en direct. Rien d'autre. La police a interrogé les voisins autour, mais apparemment, je suis le seul qui a tout vu. Et depuis deux jours, on n'entend plus parler de rien. Je suis même pas sûr qu'ils aient une piste.

Lucas Brasco se tut, presque essoufflé par le débit de ses mots, puis il fixa Touraine bien en face.

— Mais vous, j'ai vu sur votre carte que vous êtes détective privé. C'est quoi votre rôle, au juste ?

*

19 h 30 quand Touraine claqua sa portière.

L'orage qui surplombait la ville venait d'ouvrir son

ventre, et l'eau avait envahi les caniveaux, saturé les bouches d'égout qui vomissaient le trop-plein en inondant brusquement la chaussée.

En quelques minutes, des quartiers entiers de Marseille seraient paralysés sous le déluge et, sous un ciel aux reflets noirs, des flots bouillonnants noieraient le bas des collines, se joueraient de cette ville du sud qui, décidément, ne comprendrait jamais rien à la pluie.

Attendre derrière le pare-brise embué que ça se calme.

Ici, les folies du ciel excèdent rarement la demi-heure.

Rentrer chez soi, se réfugier sous la douche. Longtemps. Fermer les yeux sous l'eau presque brûlante, laisser son corps glisser jusqu'à s'asseoir, genoux contre poitrine et là, dans la torpeur rassurante de la salle de bains, pouvoir enfin faire le point.

Un suicidé sans explication, un disparu de son domicile et un écrasé sur le trottoir. Voilà pour les éventuels témoins de la mort d'Antoine Berthier.

Décidément, la mort du jeune soldat semblait porter en elle bien plus qu'une simple interrogation…

*

Touraine mit la ventilation à fond avant de s'engager boulevard de la Blancarde, maudissant ces gens du midi qui ne savent pas conduire sous la pluie autrement que le pied rivé au frein.

C'est là qu'il sentit la douleur, comme un étau, lui enserrer les tempes. Une sensation de brûlure s'installa derrière les yeux, une barre chaude en travers du front.

Depuis quelques semaines, ces migraines lui tombaient dessus sans prévenir. Un cauchemar que seuls deux grammes d'aspirine parvenaient à atténuer. S'ensuivaient de longues heures dans une obscurité totale, le corps et la moindre pensée voués entièrement à dompter le mal.

Il accéléra et, sans raison apparente, le visage de Viviane Dimasco lui revint à l'esprit. Ses gestes doux, ses mots de l'enfance, ses regards bouleversés, ses yeux à jamais humides, et Touraine se demanda quelle part exacte de haine pouvaient dissimuler les traces du chagrin.

4

Les baies du salon vibrent sous les bourrasques.

L'homme n'a pas allumé. Debout dans la pénombre, il observe la ville dévorée par l'orage. Le ciel en spectacle se déchaîne et se déverse avec une telle violence qu'on pourrait croire sa colère sans fin.

L'eau martèle le carrelage de la terrasse dans une fusillade ininterrompue. Les éclairs éclatent comme des gifles et, sous des nuages anthracite, la grande ville du sud semble sombrer dans le drame qu'elle attend.

La foudre qui tombe fait trembler les enfants et les chiens.

Lui, ça le calme. Alors, il s'allonge sur le divan de cuir beige et ferme les yeux. Il abandonne ses muscles au rythme des battements du tonnerre, se laisse gagner par les hurlements du ciel et hurle à son tour.

Il hurle sa douleur, hurle ce jour de printemps où les gorges furent tranchées. Hurle les cris des mères qui imploraient mais qu'on assassinait quand même, hurle ces hommes en treillis qui ont plongé leurs lames sans dire un mot, toutes ces vies tombées à l'ombre des maisons de torchis. Il hurle ce village que les tueurs ont fui, ont livré au vent du matin, à ce terrible silence qui succède au massacre.

Il hurle les battements de cœur de l'enfant caché si près de sa mère qu'on tue, hurle le sang versé sur la rocaille et qui ne s'effacera pas. Il tremble cette vie passée à ensevelir la peur vertigineuse, cette vie où la mémoire et les cauchemars sont devenus maîtres de tout. Il hurle cette soif de mort qu'aujourd'hui il ne peut maîtriser, et sourit à la joie profonde et misérable que cela lui procure.

Dans la terrible intimité du pavillon des cancéreux où il travaille, Allah lui a fait un signe. Un signe indiscutable.

Personne ne peut lutter contre le Ciel.

*

Touraine laissa la porte de son cabinet se refermer derrière lui et s'immobilisa. Dans l'appartement flottait un parfum inhabituel, comme un souvenir de menthe séchée.

Les photos d'Emma, çà et là sur les étagères de la bibliothèque avaient été reposées à leur place, mais l'angle des regards s'était quelque peu modifié.

Les tiroirs du bureau étaient ouverts, les calepins et

les vieux agendas jetés en vrac près de l'ordinateur, et les faux Modigliani accrochés aux murs avaient perdu leurs angles droits.

La chemise cartonnée de Viviane Dimasco s'étalait en vrac sur le canapé, au milieu des photographies de régiment et des feuilles manuscrites.

Celui qui était entré ici sans effraction n'avait pas pris la peine de dissimuler sa visite. C'est la seule pensée que Touraine parvint à aligner.

Dans la cuisine, il fit se dissoudre deux grammes d'aspirine qu'il but d'un trait. Trop tard, il le savait, face au mal qui s'était installé. Il éteignit la lumière et ferma les volets sur la ville noyée, jusqu'à l'obscurité totale. À tâtons, il bouscula le dossier Dimasco et s'allongea sur le divan.

La souffrance, comme une pieuvre, lui enserra les méninges et il se dit que la nuit promettait d'être longue.

5

Samedi 8 septembre

À travers un des interstices du volet, le jour à peine levé projetait une ligne orangée sur le sol.

Dans la rue, en contrebas, le boucan métallique des éboueurs lui fit se dire qu'il était près de 6 heures.

La douleur, en se dessoudant du front, avait laissé place à un espace vide, une sensation d'épuisement qui imprégnait désormais chaque membre, laissant au corps ravagé la terrible et fragile certitude d'être encore vivant.

Une nuit impossible. Des heures et des heures enfilées en silence, en tête à tête avec ce feu qui brûle les yeux, écrase les tempes, transforme la bouche en boîte à suppliques.

Des tentatives de sommeil qui tournent en rond. Et puis penser, tenter de penser pour essayer de s'échapper. Penser au viol de son cabinet, aux mains qui avaient souillé, aux yeux qui s'étaient posés sur les choses, sur sa vie. Laisser la colère l'envahir contre cet inconnu, ce type qui avait inspecté les pièces dans les moindres détails, fureté dans ses papiers, ses dossiers, qui avait touché le visage d'Emma dans les cadres de bois. Ce type qui avait lu, sans doute, noté, photographié peut-être, cet intrus qui n'avait pourtant rien volé. Entré sans effraction, les mains probablement gantées de latex et qui avait quitté les lieux sans même masquer sa venue, ne laissant pour toute signature, qu'une obsédante odeur mentholée.

Au plus fort de la nuit, quand c'est le ventre qui se révolte, ramper jusqu'aux chiottes et se vider les tripes. Tituber vers l'évier et s'enfiler une dose d'aspirine supplémentaire. Se recroqueviller sur le canapé, s'envelopper du plaid écossais, le corps trempé de sueur malgré le froid qui fait trembler la bouche. S'obliger à penser et penser encore pour ne plus être esclave du déchirement de sa cervelle.

Envisager le lien entre les choses. Les poser une à une dans son esprit comme sur un plan de travail, et tenter d'entrevoir ce qui les relie. Effacer le discordant d'entre les faits pour les unir par un fil conducteur. Le visage du jeune Berthier qu'on dissimule dans un cercueil de fortune, le vieux Michaud qui se confesse à sa femme avant de mourir, cette sœur qui veut la vérité et lui confie à lui, Sébastien Touraine, la mission sacrée de la dévoiler, de réparer l'irréparable. Sans oublier l'ex-adjudant Ferrero seringué chez lui comme un vulgaire toxico, Mangin disparu sans prévenir son voisin ni fermer ses volets, Hadj, vieux baroudeur du désert, qu'on exécute comme un chien sur le trottoir à coups de BMW et, pour finir, son cabinet fouillé de fond en comble par un inconnu qui s'est bien gardé de lui dérober quelque chose.

*

Se lever, puis ouvrir les volets.

Les rafales de la nuit avaient balayé l'orage, et dans le ciel bleu orangé du matin, les arbres du parc Longchamp avaient de nouveau fière allure.

La tourmente était passée sans oser s'installer, et les traces mouillées de la tempête, à l'exception des clochards détrempés, s'estompaient dans le petit matin.

Remplir le filtre à café et appuyer sur ON.

6 h 30 à sa montre. Un peu tôt pour appeler Viviane Dimasco. Ça attendrait bien une heure. Le temps de se désaper et de filer sous la douche en prenant soin d'éviter le reflet de la glace.

L'eau gicla, la vapeur envahit la cabine plexi et bientôt toutes les parois de la petite salle de bains.

Le corps se réchauffe et les mains massent le crâne. Sous le jet bouillonnant, Sébastien Touraine sourit à la nuit chassée, au jour qui commence.

Quel que soit le visage de la nuit, ce qui compte, c'est que le jour finisse par arriver.

6

Pas de clé au tableau et la chambre 57 qui ne répond pas.

« Vous savez, à cette heure-ci, les gens de passage, ils aiment bien se balader sur le Vieux-Port. Il y a les pêcheurs qui viennent de rentrer et qui étalent dès 7 heures. Maintenant, je peux prendre un message, si vous voulez… »

Touraine posa son téléphone mobile sur le siège passager et se dit qu'il n'y avait pas grand-chose à tirer du veilleur de l'hôtel. En regardant devant lui, il constata qu'il n'était pas le seul à descendre l'avenue des Olives. Il pensa même que tous les cons du quartier s'y étaient donné rendez-vous.

Spectacle de la ville, le matin, de tous ces gens à la queue leu leu qui finissent la nuit derrière leur volant. Des 4X4 pour les nouveaux aventuriers de la cité qui friment du haut de leur carrosserie asiatique, des panneaux de limitation à 50 alors qu'on n'arrive pas à dépasser les 10 km/h, et les ronds-points qui se suivent, inventés par un génie de la DDE, pour fluidifier le trafic, comme ils disent, remplacer les feux par la conviviale priorité à droite, et qui transforment les bouchons en embouteillage sans fin.

Baisser la vitre, fumer une clope en chopant dans les oreilles les klaxons rageurs, les « enculés de ta race » et autres amabilités latines.

Il remonta le carreau et, manière de prendre son mal en patience, il imagina Viviane Dimasco se promener le long des quais, à traîner son attente autour des bateaux et des pêcheurs usés par la nuit en mer. L'image de cette femme, à une table de La Samaritaine ou d'un bistro jouxtant l'hôtel de ville, qui commande un croissant et qui tourne les pages de *La Provence*, efforçant son esprit à la lecture, pourvu que cela prenne une demi-heure, peut-être même une heure, cette image ne le quittait pas. Cette silhouette sagement assise, un peu perdue dans le matin de la ville, il la devinait presque, et ça aurait suffi à le rassurer si l'inquiétude de ne pouvoir la joindre sur son portable n'avait pris le dessus.

À deux pas du carrefour de la Rose, il s'engagea sur l'ultime giratoire du boulevard et bifurqua à droite, dans l'allée des Bergeronnettes.

Dès l'entrée, un barrage de police. Devant chez Mangin, des véhicules banalisés, un fourgon du SAMU, des flics partout et des gyrophares. Derrière le grillage mitoyen, l'ombre du voisin de Mangin, en salopette et tricot de corps, les mains agitées par la discussion avec un enquêteur, carnet de notes en main.

Un fonctionnaire en uniforme lui fait signe de rebrousser chemin. Sans poser de question, Sébastien fit marche arrière et gara son break sur le parking du bar tabac, à l'intersection de la rue et de l'avenue des Olives.

À l'approche de chez Mangin, le secteur était barré par un faisceau de bandes plastiques blanche et rouge tendues entre les arbres et les voitures.

Touraine tendit sa carte de privé au flic qui lui barrait la route :

— C'est bon. Je suis un ancien de la maison. Sébastien Touraine, j'étais commissaire aux stups.

— Excusez-moi, mais je ne suis en poste ici que depuis deux mois. Mais de toute façon, le secteur est bouclé pour tout le monde. C'est la consigne.

Touraine risqua un regard vers le jardin piétiné de Mangin. Il songea à sa maison de vieux briscard solitaire, aux tiroirs et aux meubles fouillés minutieusement, à son corps glacé qui gisait sur le carrelage, il en était sûr, et dont personne n'avait jamais pris autant de soin qu'aujourd'hui. Il pensa à cette vie minable passée au crible, aux revues pornos planquées dans la table de nuit qui seraient jetées pêle-mêle sur le couvre-lit, au milieu des caleçons usés, des boîtes d'anxiolytiques et des canettes vides.

Avoir l'air détendu, masquer l'angoisse qui s'était emparée de lui depuis quelques minutes. Son cœur battait à tout rompre, au point que Touraine se demanda si le jeune flic ne l'entendait pas cogner contre ses artères.

À l'origine du malaise, la sensation d'avoir déjà vécu cet instant. C'était une évidence : des moments qui allaient suivre, il en connaissait déjà tous les ressorts. Le jardin de Mangin envahi par les uniformes, ce jeune policier qui lui barrait la route et les mots qui allaient suivre : *ce matin, on a retrouvé un homme assassiné chez lui, c'est le voisin qui a déclenché l'alerte à cause du chien qui hurlait à la mort dans la maison, la police a découvert le vieux, égorgé comme un mouton*... Tous ces mots, il sut qu'il allait les entendre, comme si son esprit devançait les événements.

— Ça n'a pas l'air d'aller, monsieur ?

— Si, si. C'est rien. Juste un coup de pompe. Une migraine toute la nuit. Mais ça va, c'est passé. Dites-moi, c'est qui le légiste, sur place ?

— Le docteur Mathias. Théo Mathias. Pourquoi ? Vous le connaissez ?

— Bien sûr. C'est un vieil ami.

Un peu comme si les mots avaient le pouvoir d'annoncer les choses, Théo Mathias sortit de chez Mangin, les bras encombrés d'un épais dossier, la tête visiblement ailleurs.

Passer son temps à étiqueter des noms et des chiffres sur des cadavres, à imaginer les circonstances de la mort des hommes, à mesurer les plaies, ausculter les entrailles et les regards emplis d'effroi, telle était la vie choisie par Théo Mathias. N'être que le médecin des trucidés, des vies qui se terminent au fond des rivières, des arrière-cours ou des bars malfamés, avaient fait de cet homme, et c'était surprenant, le prototype même du rêveur. Un personnage à part, qui de ce face-à-face journalier avec la mort, ne sortait jamais indemne.

C'est pour ça que Touraine en avait fait son ami. À cause de ce sourire las, de cette voix douce qui vous contait les blessures avec tant de respect…

— Théo !

Mathias s'approcha.

— Alors, ça ! Si je m'attendais ! Qu'est-ce que tu fais là, Seb ?

— C'est le vieux Mangin qu'on a égorgé ?

— Oui. Pourquoi, tu le connaissais ? Et puis, comment tu sais ça, toi ? C'est pas encore sorti d'ici…

— Il faut que je te raconte. C'est une histoire compliquée. Si tu as un moment, je t'offre un café au bar, juste à côté.

*

La faune matinale des bistrots des grandes villes. Des types en costard tirent sur leur clope avant d'aller bosser, des femmes plutôt jeunes, brushing bricolé au saut du lit, boivent un dernier café avant l'écran d'ordinateur qui les attend, des retraités rasés de frais depuis sept heures du mat' remuent à grands gestes les souvenirs de leurs guerres lointaines. D'autres, assis seuls à de petites tables comme des guéridons, la gueule enfouie dans un journal, préparent leur tiercé et, appuyés au comptoir devant des ballons de blanc et de rosé, des bonshommes largués depuis longtemps refont, avec aigreur, un monde qui ne voudra jamais d'eux…

Se frayer un passage dans la fumée et se caser, au fond à gauche, près des chiottes, à une petite table au formica collant de vinasse.

Théo gueule « Deux grands noirs ! » au patron qui, lui aussi, refait le monde derrière son bar, laissant jaunir ses cernes comme des fosses à merde, entre un portrait de Bernard Tapie et des drapeaux de l'OM.

— T'as une de ces têtes, Sébastien. Qu'est-ce qui t'arrive ?

— Rien. Une migraine à tout casser qui m'a bouffé la nuit. Ça fait un moment que ça dure et ça finit par me laminer complet…

— Écoute, mon vieux, c'est pas à moi que tu vas faire gober ça. Je suis pas né d'avant-hier, et je sais ce que c'est qu'une gueule de nuit blanche. Moi, je vais te la dire, la vérité. T'es pas laminé, t'es à bout. Au fond du trou. Je me trompe ?

Touraine exhala sa fumée sans soutenir le regard de son ami.

— Pourquoi tu ne m'appelles pas quand ça va pas ? Ça fait des lustres que t'es pas venu manger à la maison…

Lui dire le manque, la défaillance. Lui dire que l'absence d'Emma le surprend sous le drap, chaque matin, et que ce vide le submerge et le noie. Lui raconter ses tentatives pour éviter de sombrer. Qu'il a fait des voyages, pris des médicaments, consulté des psys. Qu'il est allé se perdre dans les bras des femmes jusqu'à pleurer après leur avoir fait l'amour. Qu'il a changé de décor, aménagé ce nouvel appartement sur le Vieux-Port, mais que les soirs où il n'en peut plus, il retourne au cabinet, caresse du doigt les photos encadrées, se blottit dans ce qui fut leur lit et là, dans la semi-obscurité propice aux souvenirs, il retrouve les parfums, le goût des baisers comme des communions solennelles et qu'il s'endort, espérant en secret ne jamais plus se réveiller…

Peut-être qu'un soir, aidé par la première bouteille et par l'œil doux de son ami, peut-être qu'il osera lui raconter.

Le patron déposa les deux tasses et enfouit la monnaie entre ses doigts jaunis par le tabac.

— Viens manger à la maison, demain midi, c'est dimanche. Je fais un barbecue avec les collègues. Clara sera contente de te voir. Elle t'aime bien, Clara, tu sais.

L'hypothèse du repas en duo, de la parlotte tranquille entre deux verres s'éloigne, laisse place au jardin envahi, aux rires et aux blagues de son ancienne équipe.

— C'est gentil, mais je ne sais pas. Je suis sur une affaire sordide et franchement, d'ici demain…

— Justement, à propos d'affaire, coupa Mathias, qu'est-ce qui t'amène chez Mangin, ce matin ? Et puis, comment tu sais qu'il a été égorgé ? Ça fait une demi-heure que ça a été découvert. Pas vraiment le temps de s'ébruiter. Raconte. T'es devenu médium, ou quoi ?

— Donnant-donnant. Tu me dis ce que tu as vu chez le vieux, et je te raconte mon histoire.

Théo Mathias sourit :

— OK. Mais c'est parce que c'est toi. Sinon…

Le légiste sortit une cigarette du paquet de son ami.

— Dis-moi, Théo, t'avais pas arrêté ?

— Si, si. Enfin, presque. J'en fume une comme ça, de temps en temps. Mais, j'en achète pas, sinon je replonge à fond.

Il reposa le paquet sur la table et poursuivit :

— En fait, c'est un voisin qui a appelé le commissariat du 13ᵉ parce que le chien de Mangin était enfermé dans la baraque et qu'il hurlait à la mort depuis des heures. Les collègues se sont pointés et ont découvert Mangin dans la cuisine, la gorge tranchée.

— La porte d'entrée était verrouillée ?

— Non, c'était pas fermé à clé.

— OK. Et ensuite ?

— Ensuite, tu connais la musique. Toute la machine s'est mise en branle, ils m'ont tiré du pieu un peu avant 7 heures, et quand je suis arrivé pour m'occuper du client, les mecs de la scientifique étaient déjà au turf.

— T'as pu dater l'heure du décès ?

— Ça remonte à hier matin ou, au plus tôt à la nuit précédente.

— Cambriolage qui a tourné au vinaigre ?

— Non, je pense pas. Il y a un beau bordel dans la maison, mais je ne crois pas que ça soit dû à une fouille. Ça respire plutôt le désordre naturel. Mangin devait se complaire dans ce fourbi. Tu sais, le genre de vieux tout seul qui n'a plus sa femme pour ranger derrière lui…

Touraine imaginait parfaitement le tableau. Des pantalons et des vestes trop larges qui vieillissent et s'effilochent au fond des penderies, un verre d'eau et des cachets à n'en plus finir empilés sur la table de nuit, la vaisselle sale qui s'amasse dans l'évier et, chaque matin, un peu comme une levée du drapeau, ce nœud de cravate serré autour du col des chemises repassées avec ennui…

— Et la blessure ? Parle-moi de la blessure.

— Un geste d'habitué, c'est sûr. Ouvert d'une oreille à l'autre, sans bavure. Si tu veux mon avis, ça ne transpire pas l'hésitation. Ou le mec à l'habitude d'égorger des animaux, ou il a de sérieuses notions de médecine. En tout cas, ce qui est certain, c'est que sa main n'a pas tremblé.

En revanche, pour ce qui est des traces, ça ne va pas être simple à cause du chien qui a pataugé dans le sang et qui en a foutu partout

— Et l'arme, une idée ?

— Oui, un genre de couteau de chasse. Vu la profondeur de la plaie, la lame devait être aiguisée pour. Un outil d'égorgeur de mouton ou de sentinelle. En gros, un truc de boucher ou de tueur…

— J'imagine que le mec n'a pas laissé d'indices ?

— Que dalle. Vu que la porte d'entrée n'était pas verrouillée, on suppose que Mangin l'a fait rentrer chez lui. Une fois dans la cuisine, l'autre l'a saigné comme un goret. Ensuite, on pense qu'il est reparti aussi sec.

— À première vue, ça t'inspire quoi ?

— Franchement, je ne sais pas quoi en penser. Égorger un vieux bonhomme de plus de soixante-quinze ans chez lui et repartir sans même faire l'inventaire. Ça me laisse perplexe. Surtout qu'il y avait de quoi, chez Mangin. On a retrouvé une liasse de billets dans un tiroir du buffet. Mais bon, c'est pas mon rayon. Moi, je suis payé pour déterminer le quand et le comment. Pour le reste, c'est la patronne qui dirige les opérations…

— La patronne ?

— Ah oui, c'est vrai que t'es pas au courant. On est drivés par une femme, maintenant. Aïcha Sadia, commissaire principale.

Touraine ne put réprimer un sourire. Une Maghrébine en patronne des flics marseillais, fallait oser…

— Et comment elle est, cette Aïcha ?

— Heureusement que t'es plus de la maison, tu serais devenu fou. Imagine, deux secondes : trente-cinq ans, bien foutue, brune aux yeux bleus avec un je-ne-saisquoi de révolté. Des cheveux comme l'automne sur une superbe gueule de Kabyle. Un jour en jeans, le lendemain en tailleur. C'est un peu tout ça, Aïcha Sadia. Un petit bout de femme à la fois légère et grave, autoritaire et douce en même temps. Un peu comme l'Algérie, finalement. Belle et tragique à la fois…

— T'en rajoutes pas un peu, là ?

— Du tout. En tout cas, je suis sûr que tu serais sous le charme !

— Faut voir…

Sébastien songea que pour être séduit, il fallait sans doute accepter les règles à l'avance. Que la séduction est un jeu et que pour y jouer, il faut être deux. Et lui, depuis des mois, il s'était mis à l'écart de tous ces stratagèmes, à l'abri des sourires et des invitations nocturnes…

— Quand elle a débarqué, poursuivit Mathias, on se demandait où on allait, mais elle a vite fait ses preuves. Aujourd'hui, tous les gars de l'équipe se feraient tuer pour elle !

— Et je peux savoir pourquoi ça m'aurait rendu fou ?

— Parce que je te connais, Seb, et qu'elle te plairait un peu plus que ça. Au début, vous vous seriez engueulés, c'est sûr. Elle a une façon de mener ses enquêtes qui t'aurait totalement dérouté.

— Du genre ?

— Quand elle est sur une affaire, c'est simple, tu ne l'entends plus. Pas de consignes, pas de directives, rien. Elle a comme ça de longs moments de silence, et puis d'un seul coup, elle fonce. Sans prévenir personne. Et là, t'as intérêt à suivre, sinon elle te loupe pas. Je te jure, c'est pas toujours simple pour les gars de travailler en équipe avec elle… Elle leur demande beaucoup de choses, mais au fond, elle ne se fie qu'à son instinct. Et à chaque fois, elle fait mouche. Si t'étais encore avec nous, elle aurait fait avec toi comme avec les autres. Pour commencer, elle t'aurait franchement gonflé, ensuite elle t'aurait intrigué et, pour finir, elle t'aurait séduit, comme nous tous, avant de gagner ta confiance. Une confiance totale, je t'assure. D'ailleurs, si tu viens manger demain, elle sera là. Tu jugeras sur pièces. En plus, elle vient de divorcer, tu pourras toujours tenter ta chance !

— T'es vraiment con…

Un deuxième café et les clopes qui s'enchaînaient. Le bar s'était vidé et la fumée grise des cigarettes se dissipait par la porte entrouverte. Le patron passa un coup de lavette sur les tables et vida les cendriers par terre. À Marseille, le carrelage des bars se couvre de cendre et de mégots pour la journée. La vie des pauvres types vient se répandre le long des comptoirs et, le soir, les gus titubent et rentrent chez eux comme ils peuvent.

— Bon, et toi, raconte-moi pour Mangin. Qu'est-ce que tu viens foutre dans cette histoire ?

Touraine hésita. En dire le moins possible. Attendre. Trop tôt pour partager, alors trouver quelques mots en raccourci et s'esquiver :

— Je peux pas te dire grand-chose. Je suis qu'au tout début de mon enquête. Ce qui est certain, c'est que le meurtre de Mangin n'est pas isolé.

— Comment ça ?

— En fait, c'est une vielle histoire qui remonte à la surface : ce que j'ai pour l'instant, c'est un suicide vieux de quarante ans, trois témoins et trois morts… Tu vois, c'est compliqué. L'affaire m'est tombée dessus hier matin. Pour y voir clair, il faut que j'avance un peu.

Un bref coup d'œil à sa montre.

— Tu m'excuseras, mais je dois y aller. J'ai ma cliente qui crèche au Tonic Hôtel et qui ne donne pas signe de vie. Tu comprends, avec tous ces cadavres, ça commence à m'angoisser.

Il se leva, laissa quelques pièces sur la table.

— Bon, j'y vais.

Théo Mathias agrippa le bras de son ami.

— Attends ! Tu te fous de moi, Sébastien. Tu ne m'as rien dit !

— Plus tard, Théo, plus tard. Je ne sais pas pourquoi, mais je sens que ça urge. Je te raconterai. Je t'appelle ce soir. Promis.

Mathias observa Touraine sortir et s'engouffrer dans sa voiture. Il observa le break s'immiscer dans la file, aborder le rond-point et, quand les feux arrière de la Volvo disparurent pour de bon, il ne put s'empêcher de sourire à l'impression de s'être sérieusement fait avoir.

*

Les embouteillages du matin s'étaient volatilisés. Foncer sur la rocade et filer jusqu'au Vieux-Port, brûler les feux en klaxonnant, slalomer entre les voitures qui roulaient au pas. Se garer n'importe où et courir jusqu'à l'hôtel.

Devancer à tout prix l'inconnu qui s'était introduit chez lui.

7

Pas de clé au tableau et le veilleur aux abonnés absents. Ascenseur occupé. Pas le temps d'attendre. Grimper quatre à quatre. Cinquième étage. Chercher la chambre 57 nichée au fond du couloir. Reprendre son souffle une poignée de secondes et frapper à la porte. Silence. Juste les goélands qui piaillent autour du bâtiment.

Il enfila ses gants en vinyle et posa la main sur la clenche. La porte n'était pas verrouillée.

Les rideaux étaient tirés et il fallut quelques secondes à Sébastien pour adapter sa vue à la pénombre.

Une chambre après le déluge. Une fouille sauvage où rien n'avait échappé aux mains, aux regards. Une valise et un sac renversés pêle-mêle sur le lit défait, les draps arrachés et, dans l'armoire grande ouverte, les étagères et la penderie vidées, les vêtements dispersés sur la moquette.

Au fond, à gauche, la salle de bains. Touraine enjamba les corsages éparpillés, chercha à tâtons l'interrupteur. Le néon qui surplombait le lavabo hoqueta sa lumière blanche avant de s'allumer complètement.

À genoux dans la baignoire, Viviane Dimasco, penchée sur le côté, une épaule contre le carrelage mural. Les poignets maintenus dans le dos par des morceaux de draps, la bouche encombrée d'une boule de tissu et, de sa gorge tranchée, le sang répandu sur son corsage collé contre la peau.

Sous les mèches décoiffées, les tempes bleuies, les joues presque noires, les marques d'une violence folle et calculée. Et le regard sans vie.

Le détective prit appui des deux mains sur le bord du lavabo, ferma les yeux et laissa son ventre se vider. Puis il reprit sa respiration, s'essuya le visage, avant de s'incliner sur la baignoire et, d'un geste d'une extrême douceur, lui referma les yeux.

Celui qui était entré ici l'avait rouée de coups, lui avait mutilé les seins et, faisant preuve de la même dextérité que chez Mangin, l'avait saignée comme un mouton.

Touraine quitta la salle d'eau et retourna dans la chambre.

Trouver un indice à tout prix. Ne pas quitter cette piaule sans avoir déniché quelque chose.

Il tira les rideaux en grand. La lumière matinale lui fit cligner les yeux. Il ouvrit la fenêtre et les bruits de la ville envahirent la pièce. La clarté fit perdre aux choses leurs contours tragiques et, d'un coup, cette pièce en désordre prit l'allure inattendue d'une chambre de couple au sortir d'une dispute.

Le parfum sucré de Viviane Dimasco s'échappa dans la rue et laissa place à une infime senteur de menthe séchée. Touraine referma la fenêtre et, les yeux clos, prit une profonde inspiration. C'était bien là. Dissimulée sous les fragrances féminines, la signature parfumée du salopard qui s'était introduit chez lui, hier après-midi.

Difficile d'imaginer que dans son désespoir, elle ne lui ait pas arraché une parcelle de visage, de vêtement ou d'autre chose.

Touraine s'agenouillait pour regarder sous le lit quand la porte sur le couloir s'ouvrit brusquement. Des hurlements, des ordres, des brassards de police, des mains qui l'empoignent, un genou dans les reins qui le plaque au sol, le contact glacé d'un calibre appuyé sur le cou et le bruit sec des menottes qui claquent dans son dos.

Camorra. C'était la voix du lieutenant Camorra.

— Déconne pas, Camorra ! Déconne pas, c'est moi, Touraine.

Le lieutenant le retourna comme un sac et lui pointa le canon sur le front.

— Je le sais que c'est toi, ducon. Maintenant, tu la fermes ou le coup part tout seul.

Les flics investirent la chambre dans une belle bousculade.

Une voix de femme résonna de la salle de bains et Théo Mathias passa près de lui sans rien dire.

Aïcha Sadia avait enfilé ses gants et observait la scène en silence. Mathias s'approcha de la baignoire et, face au spectacle du corps mutilé de Viviane Dimasco, il ferma les yeux un instant, espérant secrètement les rouvrir sur un autre monde. S'il n'écoutait que lui, il lui détacherait les poignets, dissimulerait ses seins tailladés sous les plis de son chemisier. Il lui libérerait la bouche de cette boule d'étoffe, replacerait délicatement les mèches à leur place et l'allongerait sur le lit. Depuis toujours, la vue d'un corps martyrisé faisait naître en lui une douceur, une tendresse à offrir. Comme un désir secret de réparer.

Comme si elle lisait en lui, Aïcha Sadia prit l'initiative de rompre le silence :

— Ne touchez à rien avant que les gars de l'Identité aient fait leurs clichés. Ils ne vont pas tarder.

— Pas de problème, madame. C'est juste que j'aimerais effacer tout ça…

— Je sais, Mathias. Je sais. Fermez la porte, s'il vous plaît.

Les bruits de la chambre s'estompèrent.

— Vous en pensez quoi, Mathias ?

— À première vue, on a voulu la faire parler. Le type l'a battue, lui a mutilé la poitrine et quand elle a craché ce qu'elle avait à dire, il l'a tout simplement égorgée.

— À quand remonterait la mort ?

— Vu l'état de séchage du sang, je dirais hier soir, au plus tard.

— Des similitudes avec l'autre, Mangin ?

— Oui et non. Le geste semble le même. Net et précis, sans aucun signe d'hésitation. Par contre, la plaie est plus nette ici que sur la gorge de Mangin. Le tueur n'a pas dû utiliser la même arme. C'est étrange. On imagine mal un égorgeur changer de lame à chaque meurtre, non ?

— Sans doute. Mais il doit bien y avoir une explication. Et votre pote Touraine, qu'est-ce qu'il fout ici ?

— J'en sais rien.

— Attendez, Mathias, faudrait savoir ! Il y a un quart d'heure, vous me racontez qu'un des voisins de Mangin vient de voir sortir Touraine du bar d'à côté et qu'il prétend le reconnaître parce que votre ami se serait rendu chez Mangin, hier après-midi. Vous rameutez tout le monde, vous nous dites qu'il faut rattraper Touraine, qu'il vient de partir au Tonic Hôtel retrouver une cliente. Dans la bagnole, vous me racontez que ce matin, votre ami était apparemment informé des circonstances de la mort de Mangin avant que l'info ne soit divulguée… Et là, je vous pose une question et vous avez l'air de ne plus rien savoir ? Dites-moi, il se passe quoi dans votre tête ?

— OK. C'est sur mon initiative qu'on a débarqué ici. J'en conviens. Je ne suis pas dingue, rassurez-vous. D'autant qu'on a trouvé Touraine en pleine fouille de la piaule, et cette femme dans la baignoire. Ça commence à faire beaucoup, je suis d'accord. Mais on n'a jamais vu un assassin tourner autour de sa victime aussi longtemps après l'avoir tuée.

La commissaire, le regard ailleurs, acquiesça machinalement avant d'ajouter :

— À moins qu'il n'ait oublié quelque chose et qu'il soit revenu le chercher.

— Peut-être. Mais franchement, je le connais bien, Touraine. C'est un ami. Et à moins qu'il ne soit devenu complètement fou, je suis sûr qu'il n'a rien à voir avec cette saloperie.

— Vous savez, Mathias, les hommes deviennent parfois fous en silence. Et un jour, ça nous pète à la gueule.

Pour mette fin à la conversation, Théo Mathias s'approcha de la baignoire. Il se pencha au-dessus de Viviane Dimasco, en fit minutieusement le tour. Il enfila un gant et plongea la main dans le dos de la victime.

— Il y a quelque chose, là.

— Laissez-moi faire.

Aïcha Sadia se pencha à son tour et, du fond de la baignoire, coincé entre les reins et la faïence, elle extirpa un rasoir ouvert. Un ancien modèle à manche dont la lame restait tachée de traces semblables à celles de la rouille.

La commissaire sortit de la salle de bains suivie de Mathias. Les gars de l'Identité et de la police scientifique venaient d'arriver.

— Allez-y, messieurs. Elle est à vous.

La voix est douce, mais l'autorité sans faille, songea Touraine

— Ça va, Camorra. Laissez-le respirer.

Elle s'approcha de lui et s'accroupit :

— Va falloir nous expliquer ce que vous foutez ici. Je ne veux pas vous donner de conseil, mais vous avez intérêt à nous fournir une explication béton.

Touraine ne put prononcer un mot. Son regard était hypnotisé par le rasoir dans la poche transparente.

Aïcha Sadia leva le plastique jusqu'à le lui mettre à la hauteur des yeux :

— Un problème avec le rasoir ?

Un silence interminable. Juste le bruit des respirations, le crépitement des flashs dans la pièce d'à côté. Et les mots sortirent dans un souffle :

— Il est à moi, ce rasoir.

Mathias ferma les yeux et le lieutenant Camorra se surprit à sourire.

Aïcha Sadia plongea son regard bleu dans le sien.

— J'ai tout de suite su que vous étiez revenu chercher quelque chose…

Elle se leva, fit signe aux autres de l'embarquer et sortit de la pièce, laissant dans son sillage un parfum âcre de menthe séchée.

8

L'homme s'est installé à la terrasse du bar sur les coups de 10 h 30. Après avoir commandé un thé nature, il s'est allumé un cigarillo au filtre de plastique blanc et s'est mis à feuilleter un journal, sans vraiment fixer son attention sur les pages, laissant son regard vagabonder aux abords de l'entrée du Tonic Hôtel, suivre distraitement le galbe gonflé des corsages, la cadence, sur les trottoirs, des jambes des passantes.

Vers 10 h 45, il a regardé sa montre et replié soigneusement les pages.

L'homme a bien vu, ce matin, Touraine se garer sur le parking du bar-tabac, avenue des Olives. Il l'a observé faire face à la meute des gyrophares, à tous ces hommes, comme dans une fourmilière, qui piétinaient le jardin de

Mangin. Et puis, quand Touraine est entré dans le bar, accompagné d'un autre flic, il les a laissés à leurs questionnements pour venir prendre son poste de guet, ici, à l'angle du Vieux-Port.

Quand il a vu le détective arriver en courant et s'engouffrer dans le hall de l'hôtel, il se l'est imaginé grimper les escaliers quatre à quatre, ouvrir doucement la porte de la chambre et découvrir le bordel indescriptible. Il se l'est figuré traversant la pièce au beau milieu des vêtements éparpillés, allumer dans la salle de bains et, dans la blancheur crue du néon, faire face au corps incliné de Viviane Dimasco dans la baignoire.

Quand les voitures de police ont envahi la rue, il a quand même été surpris par leur rapidité d'intervention.

Il a rallumé son cigarillo à demi éteint en attendant la suite, et ça n'a pas traîné.

Touraine, les mains menottées dans le dos, poussé dans une Clio banalisée, et la commissaire qui fait gicler ses ordres. Des mots qui tranchent, sans appel, accompagnés de gestes précis, de mouvements du visage. Le profil d'Aïcha Sadia, ses regards intenses ne peuvent que rappeler à Mohamed Askri l'imposante et noble autorité des femmes kabyles.

Des demi-tours sans précaution, des pneus qui déchirent le bitume, et les sirènes, peu à peu, s'éloignent dans les embouteillages.

Askri se dit que Touraine s'est laissé enfermer dans une nasse de faits et de contradictions dont il mettrait du temps à se dépêtrer, que l'enquête officielle allait vraiment commencer et que lui, allait pouvoir enfin mener la sienne.

Il sait que l'urgence est de découvrir qui l'a devancé. Démasquer celui ou ceux qui ont pu le faire. Quand il saura, il éliminera l'intrus et s'occupera des deux derniers. À moins que ce ne soient eux qui aient pris une longueur d'avance. Ces deux salopards d'officiers qui, depuis longtemps, se croient au-dessus des lois. Il va leur apprendre, lui, ce qu'est la Loi Divine.

Mohamed Askri sort d'une poche de son veston un petit sac de toile dont il extrait deux feuilles de menthe séchée qu'il frotte entre ses doigts, avant de les laisser tomber dans le thé refroidi.

9

Des vasistas perchés à trois mètres du sol, des étagères métalliques aux rayons vides dressées contre les murs. Perdu au milieu de la pièce, un bureau sans crayons ni feuilles de papier, des chaises autour et, près du radiateur, un unique tabouret. Au plafond, un ventilateur aux pales immobiles et, accrochée au mur, à droite de la porte, une carte de France, verte et marron, au gré des reliefs, une carte aux altitudes marquées d'épaisseurs comme celles qu'on suspendait jadis aux murs des écoles communales.

Ce bureau du troisième étage de l'Évêché, Sébastien Touraine le connaît par cœur.

Du temps où il était commissaire aux stups, cette pièce, c'était la « salle d'attente ».

Touraine ferma les yeux et passa en revue les dealers, les trafiquants, les chefs de bande et les minables en tout genre qu'il avait fait poireauter ici. Des heures en tête à tête avec eux-mêmes, à se mentir à voix basse, à éviter de penser à voix haute dans la crainte d'un micro planqué. Parfois des nuits à se persuader des fausses vérités qu'il faudra dire, à lister les grands frères du quartier qu'il faudra protéger. Des heures à n'en plus finir pour se préparer à l'interrogatoire, aux questions comme des gifles, aux témoignages-surprises, aux bluffs et aux balances inattendues.

Des caïds, des tatoués des quartiers Nord, des gamins de vingt ans habitués aux coupés Mercedes, et des enfoirés en costards Hugo Boss, la Breitling au poignet, le sourire en or massif et le téléphone du meilleur avocat de la ville inscrit en rouge sur la première page de leurs calepins pourris…

Quand le lieutenant Camorra lui avait ôté sa montre, il n'était pas midi et demi. L'équipe d'Aïcha Sadia l'avait monté là-haut sans rien dire, puis on l'avait débarrassé de ses effets personnels avant de le menotter à la conduite du radiateur.

Avant de refermer la porte, la commissaire s'était approchée de lui et s'était penchée si près qu'il avait senti son souffle contre son visage.

— Ce que vous avez à nous dire est sans doute difficile, avait-elle commencé. Il vous faut sans doute un peu de temps, de tranquillité. Nous, on a des vérifications à faire. Ça prendra quelques heures. Ça vous laisse le temps de réfléchir. De vous préparer… On m'a raconté votre histoire, Touraine. Il y a de quoi péter un câble. Faudra juste nous expliquer. Calmement. Sachez que je n'ai aucune hargne contre vous. Juste envie de comprendre.

La voix s'était faite douce et le bleu du regard presque protecteur. La partie venait de commencer et il avait compris qu'elle venait d'avancer son premier pion. Un coup de femme au parfum faussement fraternel.

Touraine lui sourit et prononça les mots suivants, comme ça, sans réfléchir, poussé par l'unique désir de mettre les choses au point. Lui faire comprendre, d'emblée, qu'elle n'était pas sa mère, encore moins sa sœur. La remettre à sa place, en douceur. Lui faire savoir qu'à ce jeu, c'est lui qui donnerait le tempo :

— Moi aussi, figurez-vous, j'ai envie de comprendre. Depuis hier matin, j'ai mis les pieds dans une histoire qui m'échappe complet. Et je suis sûr que vous et moi, on a un point commun : l'envie d'y voir plus clair. Alors, allez faire vos investigations et laissez-moi fouiller ma mémoire. Dans ce que j'ai vu et entendu depuis deux jours, il y a quelque part la vérité qui se cache. Il me reste à dépoussiérer les faux-semblants et à relier ce qui paraît disparate. Un vrai travail d'archéologue. Il se peut même que j'aie besoin de votre aide. On verra. De toute façon, dans quelques heures, nous avons un rendez-vous tous les deux. Alors, à tout à l'heure.

Comme la commissaire s'éloignait vers la porte, Touraine ajouta, dans un sourire :

— Je voulais aussi vous remercier.

— Me remercier ? Et de quoi ?

— Quand vous vous êtes penchée sur moi, à l'instant, vous avez placé votre visage à quelques centimètres du mien…

Il suspendit sa phrase quelques instants.

— Et ?

Puis il laissa filer les mots :

— Eh bien, c'est la première fois depuis longtemps que j'ai eu envie d'embrasser une femme. Voilà, c'est tout.

Aïcha referma la porte derrière elle.

Camorra, Mathias, les inspecteurs Blanchard et Perridon l'attendaient dans la pièce d'à côté.

— Alors, comment vous l'avez trouvé ?

— Comme vous me l'avez décrit, Mathias. Fragile et solide à la fois, séduisant, direct mais surtout gonflé. Touraine, ce n'est pas le client habituel. Il connaît la musique et on ne le fera pas craquer comme ça, en claquant des doigts. Ça n'est pas en instaurant un rapport de force qu'on l'amènera à s'allonger. Ce qu'il faut, c'est que nous collections suffisamment d'éléments irréfutables contre lui. Des faits incontournables qu'il lui sera impossible de nier. C'est un ancien flic, il pourra difficilement lutter contre les évidences. S'il ne peut discuter les éléments qu'on va lui coller devant les yeux, alors peut-être qu'on pourra jouer la confession. Le mec qui se vide. Et là, je compte sur vous pour m'aider, Mathias.

Elle sortit un paquet de Dunhill de son jean et tira deux profondes bouffées.

— Bon, allez. Tout le monde en piste. Chacun de vous sait ce qu'il a à faire. Rendez-vous ici à 20 heures. Et là, le grand jeu pourra commencer. On y passera peut-être la nuit, mais demain matin, il aura accouché.

Les hommes commencèrent à sortir de la pièce

— Restez une seconde, Mathias.

Quand ils furent seuls, elle s'assit sur un coin du bureau et s'adressa au médecin légiste :

— J'ai confiance en vous, Mathias, et je préfère vous prévenir : je n'ai pas envie d'être déçue. Ce que je veux dire, c'est qu'il va vous falloir faire votre job comme si vous ne connaissiez pas Touraine. Mettez votre amitié de côté et bornez-vous aux faits. À rien d'autre. Pour l'interrogatoire à venir, je veux vous sentir aussi inflexible que moi. Si on veut gagner la partie, il faut qu'on fasse corps. Je peux compter sur vous ? Sinon, dites-le moi. Je ferai faire mes expertises par le docteur Bernardini et je me ferai seconder par Camorra.

Mathias finit d'essuyer les verres de ses lunettes, puis fixa la commissaire bien en face.

— Pas de problème. Aucunc crainte à avoir quant à mon objectivité. Un ami reste un ami, mais un cadavre reste un cadavre, et je connais mon boulot. Si j'avais le moindre doute quant à ma capacité à rester neutre, je vous en aurais déjà fait part. Mais ce n'est pas le cas.

Il s'approcha de la porte du bureau et se retourna avant de sortir.

— Juste une chose à propos de Sébastien Touraine. C'est lui qui risque de vous surprendre. Sachez-le.

— Comment ça ?

— Depuis toujours, il aime mener la danse. Vous, vous aimez conduire, et lui, il aime avant tout danser. Franchement, le duo risque d'être passionnant.

10

Philippe Murat engagea sa Mercedes sur l'allée de graviers menant à la villa, vérifiant dans le rétroviseur la fermeture automatique de la grille.

Il se gara devant le perron, gravit les marches à grandes enjambées et disparut dans l'imposante bâtisse.

Non sans avoir salué son patron, Hocine se précipita et le débarrassa de sa veste.

— Tu peux rentrer chez toi, Hocine. J'ai besoin d'être seul.

Le vieil harki acquiesça d'un mouvement de tête et sortit rejoindre son pavillon de fonction, à l'arrière du jardin. Au service de Murat depuis la fin de la guerre d'Algérie, il savait quand les mots prononcés par son patron étaient ceux que l'on ne discute pas. Pour ce fils des montagnes algériennes, s'abandonner à un maître inflexible avait été plus que difficile. Cet officier, en faisant de lui un serviteur, lui avait évité l'épuration, l'exécution certaine, et ce sauvetage de dernière minute valait bien, en retour, de supporter les tonalités cassantes de cet éternel officier de la Coloniale.

Murat se remplit un grand verre de bourbon et s'avança jusqu'à la large baie vitrée du salon.

Les oliviers frémissaient à peine et le robot dans la piscine continuait sa course aléatoire. La pelouse, impeccablement tondue, descendait en douceur autour des pieds de lavande et de lauriers roses jusqu'au mur de pierres ceinturant la propriété.

Au-delà, la mer prenait le regard en relais et, en dépit des trente-cinq kilomètres qui séparent Carry-le-Rouet de Marseille, la baie de la grande ville, entourée de collines et de falaises cachées, s'étirait telle un mirage à l'horizon.

En mémoire de son épouse, décédée deux ans auparavant, le général Murat avait débaptisé la maison. Les caractères de fer forgé fixés au fronton de l'entrée avaient été décrochés et les lettres formant le prénom « Héloïse » avaient remplacé celles du mot « Palmeraie ».

C'est là qu'il passait des journées entières dans son bureau, entouré des souvenirs lustrés de ses campagnes, plongé dans les livres et les photos anciennes, à préparer les conférences qu'il donnait aux quatre coins du pays.

Parfois, au petit matin, le vieil Hocine surprenait le claquement de talons aiguilles sur le perron, le crissement d'une voiture qui filait en toute discrétion.

Plus tard, quand le général faisait sa promenade matinale, Hocine, par les fenêtres grandes ouvertes et les draps aérés, s'affairait à faire disparaître le parfum trop sucré des visiteuses de luxe.

Les femmes n'avaient jamais tenu une place excessive dans l'existence de Philippe Murat, laissant le champ libre, par leur élégante réserve, à l'accomplissement de son unique passion : l'art de la guerre et l'étude des liens inaltérables qu'elle crée entre les hommes.

Pour conclure en beauté sa vie de soldat, Philippe Murat, depuis quelques mois, s'était plongé dans la rédaction de ses mémoires. Revisiter l'Indochine, l'Algérie, s'attacher, à chaque page, à laver l'honneur de ses hommes. Son honneur. Cet honneur qui, depuis quelques jours, menaçait de voler en éclats.

La mechta poussiéreuse de Ouadhia semblait vouloir sortir de l'oubli. Ses hommes et lui n'y avaient fait que leur devoir, et les cris de ceux qui y furent égorgés devaient à jamais demeurer ensevelis.

Après les confessions pathétiques de Michaud à la veille de sa mort, le cauchemar de ce bled perdu de Kabylie risquait fort d'exploser au grand jour.

Une semaine maintenant qu'il avait senti le danger et qu'il se démenait en tous sens pour endiguer les mémoires prêtes à rompre. Sans attendre, il avait téléphoné à Ferrero, Hadj et Mangin pour les prévenir des recherches de cette Viviane Dimasco. Qu'elle voulait la vérité sur la mort de son frère et qu'il fallait, pour leur honneur à tous, se taire à tout prix.

Au téléphone, il avait bien ressenti l'usure des années, la force de ses hommes émoussée par le temps, mais surtout la religieuse tentation de se libérer du silence.

Et puis, tout s'était enchaîné. Trois meurtres en quelques jours et, ce matin, la découverte du corps de Viviane Dimasco dans un hôtel du Vieux-Port.

Un oiseau de mauvais augure s'était glissé dans leur histoire. Celui qui avait choisi de régler ses comptes, avec quarante ans de retard, devait sans doute l'avoir mis sur sa liste et, pour la première fois depuis longtemps, Philippe Murat avait senti une menace peser sur sa vie.

Se résoudre à l'attente ? Pas vraiment son genre.

Alors passer à l'action sans perdre une minute. Comprendre, identifier, élaborer une stratégie. Surtout ne pas rester là, enfermé comme une proie en cage.

Il avala le bourbon cul sec, monta dans sa chambre, ouvrit le tiroir supérieur de la commode et, sous une pile de draps, retrouva son pistolet automatique. Celui des coups de semonce tirés dans les ruelles d'Indochine au-dessus des foules hostiles, celui des corps à corps dans les rizières et, trop souvent, au bout des nuits algériennes, des balles dans la nuque des hommes à genoux.

Une fois redescendu au salon, il se resservit un verre. L'âpre chaleur de l'alcool lui envahit les méninges et l'état semi-vaporeux qui s'ensuivit lui offrit l'impression d'un calme passager qui le rassura presque.

Il s'affala dans le divan de cuir blanc et vérifia le bon état de fonctionnement de son arme.

À cet instant, dans le silence de la maison, sa solitude lui parut inconcevable, contraire à la plus élémentaire des sécurités.

Il posa soigneusement son arme sur la table du salon, pianota les touches de son portable et joignit le seul homme avec qui partager cette chasse. René Bergereau. Son ami, son fidèle lieutenant.

11

Reprendre les choses par leur commencement.

Dérouler le fil des événements qui se sont succédé depuis hier matin, vendredi 7 septembre.

À peine plus de vingt-quatre heures s'étaient écoulées, et l'image de Viviane Dimasco dans son bureau, assise face à lui, les yeux embués à l'évocation de son frère, lui semblait déjà lointaine.

Sébastien Touraine s'était assis par terre, dos contre le mur, une main menottée au radiateur. Il avait replié les jambes contre sa poitrine, collé ses épaules contre la tapisserie, et cette posture étrange de M majuscule le posa dans la réflexion.

Cette histoire, il en était sûr, devait s'aborder comme une fouille archéologique. Il allait lui falloir tamiser, dépoussiérer, interpréter avec prudence. D'entre les strates enfouies émergeraient peu à peu les reliefs d'une vérité qui depuis quarante ans reliait en secret une poignée d'hommes du djebel aux souillures de la guerre.

Dans quelques heures, l'équipe d'Aïcha Sadia allait lui tomber dessus, le bousculer de pseudos-évidences et s'enfoncer dans l'erreur comme dans un marécage.

Il n'existait aucun élément tangible contre lui. Rien.

Un simple faisceau de coïncidences savamment orchestrées pour que la police s'en contente. Au moins pour quelques heures. Le temps pour le tueur d'achever ce qu'il avait commencé.

La piste de sa propre culpabilité ne tiendrait la route que le temps de quelques embardées. Le soupçon, c'est un peu comme une voiture... Pour faire son chemin, il lui faut le carburant nécessaire : un mobile. Et de ce côté-là, il se sentait tranquille. Pour assassiner trois vieillards et torturer la sœur d'un soldat mort en Algérie, il fallait plus qu'un simple mobile. C'est d'une colère et d'une souffrance extrême dont il faudrait chercher la trace.

Quels que soient les éléments qui jouaient en sa défaveur, il savait, Sébastien Touraine, que les flics ne trouveraient pas dans sa vie l'ombre d'une raison, d'un motif suffisant pour expliquer ces atrocités.

Puis, l'intuition d'une machination à plusieurs étages s'installa, en filigrane, comme une presque évidence.

Il ferma les yeux et se récita les événements à voix haute et lente, suffisamment mesurée pour déceler, au travers des mots qu'il allait prononcer, ce que ses yeux n'avaient pu discerner :

— Le mot clé de cette affaire, c'est le mot « témoin ».

D'entendre sa voix résonner dans l'immense bureau le transforma sur-le-champ en spectateur auditif de ses propres pensées et l'encouragea à persévérer dans cet étrange *modus operandi.*

— Ferrero, Hadj et Mangin sont des témoins qu'on élimine. Mais tout a commencé il y a plus de quarante ans. En mars 1960, le sergent Michaud, sur le bateau qui le ramène d'Algérie, est témoin du suicide d'un jeune appelé, Antoine Berthier. La hiérarchie militaire, sous le commandement du capitaine Murat, décide alors de dissimuler la vérité. Le corps du jeune soldat est rendu à sa famille dans un cercueil, et l'armée fabrique en hâte une version officielle : Berthier est mort au combat.

Viviane, la sœur jumelle d'Antoine, ainsi que ses parents, passeront le reste de leur vie accrochés à cette version des faits. Jusqu'à la semaine dernière.

À l'institut Paoli-Calmettes de Marseille, l'ex-sergent Michaud qui s'est tu toute son existence, décide, à la veille de sa mort, de se délivrer de la vérité. Cette sœur, si elle est encore en vie, doit connaître les circonstances exactes de la disparition de son frère.

Michaud charge alors son épouse de joindre cette femme et de lui communiquer les noms et les coordonnées des soldats proches du jeune soldat qui s'est suicidé : l'adjudant Ferrero, le caporal-chef Mangin et le vieil harki, Mohamed Hadj, sans oublier le capitaine Murat qui, entre-temps, est devenu général.

Viviane Dimasco, la sœur d'Antoine Berthier, terrassée par la surprise, reste au lit près de vingt-quatre heures et décide de me confier, à moi, détective privé, le soin de mener cette enquête et de recueillir les témoignages nécessaires au rétablissement de la vérité. Elle s'adresse à moi plutôt que de s'en charger elle-même car elle est convaincue que les confessions de guerre se font plus facilement entre hommes.

Touraine se tut. De cette première phase de l'histoire, surgissaient trois interrogations :

— Que s'est-il passé en mars 1960 dans la compagnie du capitaine Murat qui ait pu pousser un jeune homme de vingt ans à mettre fin à ses jours alors qu'il rentrait chez lui ? Michaud s'est-il confessé à quelqu'un d'autre que sa femme ? Au vu des documents que m'a remis Viviane Dimasco, Ferrero, Hadj et Mangin n'étaient pas sur le bateau du retour. Ces trois-là sont rentrés en France presque deux ans plus tard. Alors, pourquoi Michaud lui a-t-il confié ces noms ? S'ils étaient absents du voyage, ils n'ont pu être témoins du suicide. Alors, en quoi ont-ils pu être des acteurs de la mort du gamin ?

L'unique façon d'obtenir une réponse à ces questions, c'est d'avoir une conversation avec Murat et de consulter les archives du régiment. Pour le reste, il faut faire un saut à l'institut Paoli-Calmettes afin d'interroger le personnel médical sur les dernières visites rendues à Michaud.

Touraine se tut à nouveau. Il avait pesé ses mots comme s'ils étaient enregistrés, et le silence dans la pièce le surprit.

Ce con de Camorra lui avait ôté sa montre et seule la lumière du jour, au travers des vasistas recouverts de crasse, lui servait d'indicateur.

Il ne devait pas être loin de 17 heures. Sébastien connaissait suffisamment les habitudes de la maison pour savoir qu'ils lui tomberaient dessus une fois le soleil couché. À la faveur de la nuit et des fatigues accumulées, ils tenteraient de le faire craquer. Ils allaient lui balancer son emploi du temps des cinq derniers jours, les trous béants de ses migraines nocturnes, sa présence de fouine là où il ne fallait pas et ce foutu rasoir planqué sous le dos glacé de Viviane Dimasco.

Pour les retourner comme des crêpes, il lui fallait maintenant décortiquer des journées qui n'avaient pas été les siennes, mais celles des autres. Quatre autres dont il ne restait plus que des traces de sang.

Quand il aurait disséqué à voix haute le déroulement des événements, quand de chaque heure dont il était absent, il aurait fait la minutieuse autopsie, il serait en mesure d'inverser la situation.

De suspect, il passerait à l'état d'enquêteur complice. La vérité ne pourrait sortir au grand jour sans lui, et cette enquête, Aïcha Sadia devrait bien se résoudre à la conduire en duo. Comme un tango. Voilà. Un tango.

Au-delà du baiser qu'elle lui avait inspiré, c'est d'une enquête tango qu’il rêvait maintenant.

Il faudrait bien que la commissaire s'y fasse. Et vite…

*

Reprendre le récit à voix haute et remonter les méandres de la semaine écoulée.

Sébastien Touraine devait faire un choix. Celui de l'ordre chronologique de ses propres découvertes ou celui de l'ordre réel selon lequel les événements s'étaient déroulés.

Il réfléchit un instant et opta pour la succession réelle des faits :

— Mercredi 5 septembre, à sept heures du matin, une voiture écrase Mohamed Hadj sur le trottoir où il fait sa balade habituellement. L'unique témoin, Lucas Brasco, n'a pu noter aucun détail important, à l'exception de la marque du véhicule, un coupé BM blanc, type ancien modèle. Brasco a également certifié n'avoir vu qu'une personne dans le véhicule.

Viviane Dimasco n'ayant reçu le courrier de madame Michaud que le lundi 3 septembre, quand Hadj est assassiné, cela ne fait qu'à peine quarante-huit heures qu'elle connaît son existence.

Le même jour, entre 10 et 13 heures, l'ex-adjudant Ferrero se suicide chez lui par overdose d'insuline.

Questions : qu'est-ce qui m'amène à penser que ce suicide n'est en fait qu'un meurtre camouflé ? Pourquoi, dès ma sortie de chez Ferrero, le sentiment étrange d'être passé à côté de la réalité s'est imposé à moi ?

Touraine ferma les yeux et se repassa le film de sa visite chez Ferrero. Il revit le front et l'arcade bleuis du pauvre vieux, entendit les mots d'incompréhension de sa veuve et les explications précises du médecin. Il revit les lettres qu'Antoine Berthier avait envoyées à sa sœur pendant son service militaire. Une liasse de feuilles pliées en quatre dans leurs enveloppes entourées d'un élastique.

À peine Viviane Dimasco avait-elle quitté son bureau qu'il les avait parcourues. Un voyage au milieu des souvenirs d'un autre. Parmi de nombreuses photos noir et blanc, les mots simples d'un gosse qui se languissait et qui demeurait étranger au monde viril qui l'entourait.

Le jeune Berthier s'était lié au capitaine Murat

comme on s'attache à un modèle auquel on ne parviendra jamais à ressembler. Dans d'autres lettres, il évoque longuement l'adjudant Ferrero. Un baroudeur brutal et expert. Un type dur qui en fait baver à toute la compagnie, mais qui, curieusement, le ménage, lui marque même son attention. Ferrero est un spécialiste de la guerre qu'il pratique avec métier et lui, le jeune appelé, est devenu expert du maniement de la radio. Deux experts, souligne Berthier dans une de ses lettres, qui ont en commun – et ça les a bizarrement rapprochés – d'être tous deux gauchers.

Touraine ouvrit les yeux et son regard s'immobilisa dans un sourire :

— Nom de Dieu, la voilà l'erreur !

Porté par sa sagacité, totalement imprégné d'elle, il en oublia son envie de fumer, oublia la pièce vide, les menottes, le radiateur et se laissa emporter par les fulgurances de son raisonnement.

— Madame Ferrero a dit avoir découvert son mari par terre, le visage tuméfié par la chute. Il avait la manche gauche retroussée, c'est ce qu'elle a dit, pour se faire la piqûre.

Ce qui est sûr, c'est qu'un gaucher aurait découvert son bras droit pour se faire l'injection.

Ferrero ne s'est donc pas suicidé. On l'a suicidé. Le type a dû l'assommer à moitié, lui a relevé la manche gauche et lui a fait une piqûre de droitier. CQFD.

Le visage du tueur restait dans l'ombre, certes, mais d'avoir déjoué son stratagème, d'avoir marqué ce qui lui semblait être un point important, incita Touraine à poursuivre son récit.

*

Reprendre son souffle. Ralentir l'élocution, laisser l'espace nécessaire entre les mots, ne surtout pas se laisser submerger par l'excitation. C'est en filtrant comme cela les événements, un peu comme on le fait en alignant de grosses pierres dans un ruisseau, que le débit trouble se ralentit et qu'on peut, si on garde la maîtrise du geste, faire ses plus belles prises…

— Le lendemain, jeudi 6 septembre, entre 22 heures et 3 heures le vendredi matin, Mangin est égorgé chez lui. D'après Mathias, c'est un geste de pro. Il a même précisé : d'égorgeur de mouton ou de sentinelle.

Au moment où Mangin est assassiné, Viviane Dimasco s'apprête seulement à prendre la route pour Marseille.

À 9 heures, le lendemain, je la reçois dans mon bureau. J'écoute son histoire, accepte de m'occuper de son affaire et garde les documents qu'elle me confie. Elle me précise être descendue au Tonic Hôtel et me laisse une carte de l'établissement sur laquelle elle griffonne son numéro de portable.

En démarrant mes investigations, l'après-midi même, j'apprends la mort de Ferrero et celle de Hadj. Quant à Mangin, il n'est apparemment pas chez lui. En fait, il gît dans la cuisine depuis déjà près de vingt-quatre heures.

En rentrant chez moi, je constate que mon cabinet a été visité. Au premier abord, rien n'a été dérobé. Juste une fouille en règle.

Cette saloperie de migraine m'est tombée dessus une heure auparavant. Je me shoote à l'aspirine et je m'écroule sur le divan jusqu'au matin.

Question : quel est le lien entre les trois meurtres et la

visite de mon cabinet ? À première vue, aucun, puisque les trois pauvres bougres ont été assassinés avant l'intrusion à mon domicile.

Question suivante : y a-t-il un lien entre le cambriolage et la mort de Viviane Dimasco ?

Touraine la revit descendre les escaliers et disparaître dans la rue, et la réponse à la dernière interrogation surgit avec toute la force de l'évidence…

— C'est dans mon cabinet que le tueur a trouvé les informations nécessaires à sa localisation.

Sébastien Touraine n'eut pas besoin de fermer les yeux pour imaginer la silhouette inconnue feuilleter le dossier d'Antoine Berthier qui traînait sur son bureau. Il devina même son probable sourire à la vue de la carte du Tonic Hôtel. Avant de quitter les lieux, l'homme s'était glissé dans la salle de bains, avait repéré le vieux rasoir qu'il avait enfoui dans sa poche.

Ce salaud avait trouvé ce qu'il était venu chercher : la localisation de sa future victime et l'arme pour la torturer. Puis, il s'était évaporé dans la ville, ne laissant derrière lui aucune trace, aucun indice. Juste cette odeur obsédante de menthe séchée.

*

Poursuivre à voix haute. S'obliger à l'écho des mots et des images qu'ils suscitent :

— Le lendemain, samedi 8 septembre, je me lève et je file chez Mangin. Quand j'arrive, son jardin grouille de flics. Théo Mathias, mon pote légiste, est sur place et on va boire un café au bar d'à côté.

Là, Théo me raconte ce que j'avais bizarrement pressenti. Ils viennent de retrouver le vieux soldat égorgé dans sa cuisine. Vu les liasses de billets qui traînaient dans les tiroirs, la piste du cambriolage qui aurait mal tourné est écartée d'emblée.

Apparemment, la police n'a pas encore fait le lien entre la mort de Mangin et celle de Hadj.

Mathias m'apprend que mon ancienne équipe bosse sous la direction d'une femme, la commissaire Aïcha Sadia.

Viviane Dimasco reste injoignable. Je plante Mathias dans le troquet et je fonce au Tonic Hôtel.

Là, je découvre la chambre complètement retournée et ma cliente égorgée dans la baignoire. Avant de l'achever, le tueur l'a démolie et lui a tailladé la poitrine.

Dans la chambre, flotte la même odeur de menthe séchée que celle décelée dans mon bureau après la découverte de mon cambriolage.

Je commence à inspecter les lieux quand les flics envahissent la piaule et me tombent dessus. La commissaire découvre mon rasoir à main planqué derrière le dos de Viviane Dimasco et elle me fait embarquer. Quand elle passe devant moi, je remarque qu'elle aussi dégage ce parfum de menthe séchée…

Interrompre la parole, laisser au silence sa place entre les mots. En déroulant les faits à voix haute, il savait avoir exposé le suicide de l'ex-adjudant Ferrero à un nouvel éclairage : celui du meurtre.

Les événements des dernières vingt-quatre heures s'étaient posés là, devant lui sur le carrelage, et la vision des faits comme alignés sur un rail, fit naître dans son esprit une forme de certitude, une logique apparemment implacable.

Tout s'enchaîne, pensa-t-il, pareil aux dominos dans leur culbute en cascade. De la même façon que la chute du premier domino provoque celle du suivant, dans cette histoire, chaque événement qui surgit entraîne la mort d'un homme…

— En mars 1960, dans un coin perdu de Kabylie, s'est produit un fait suffisamment grave, une scène suffisamment tragique pour avoir comme conséquence immédiate le suicide d'Antoine Berthier.

De la même manière, le secret libéré par le vieux Michaud entraîne dans son sillage la mort de trois anciens militaires en Algérie.

Viviane Dimasco me confie une enquête, et cet acte a pour première conséquence le cambriolage de mon cabinet.

L'imprudence dont je fais preuve en laissant les coordonnées de ma cliente sur mon bureau va entraîner son assassinat dès le lendemain.

Je démarre mes investigations et, vingt-quatre heures plus tard, je suis embarqué par les flics et vais être, sans aucun doute, soupçonné d'un quadruple meurtre.

Touraine mit fin à sa réflexion. Il promena son regard en zigzag dans la pièce, prenant soin de ne laisser sa pensée s'accrocher à aucune prise.

Quelque chose ne tournait pas rond. Il le sentait.

Il avait étalé les faits à la manière d'un projectionniste qui déroule la pellicule et, dans ce long travelling, il voyait bien qu'une séquence ne collait pas.

Le corps martyrisé de cette femme n'avait pas sa place dans le scénario tel qu'il l'avait imaginé.

Si les trois premiers meurtres obéissaient à une vengeance, un règlement de comptes ou à une volonté de taire un épisode de la guerre d'Algérie, la mort de cette femme n'entrait pas dans ce cadre.

Si l'on considérait, et chronologiquement c'était indiscutable, que ce qui s'était passé dans le djebel était l'élément déclencheur de toute l'affaire, alors Viviane Dimasco n'avait rien à y voir. À l'époque, elle était en France, attendait le retour de son frère et n'avait en rien été mêlée aux saloperies de cette guerre.

Et soudain, en une fraction de seconde, ça lui explosa au visage comme une grenade.

Les trois vieillards, eux, avaient été purement et simplement éliminés. Ils n'avaient subi aucuns sévices et leurs lieux de vie n'avaient pas été fouillés. Les liquider n'avait sans doute qu'un unique objectif : les faire taire.

La mort de Viviane Dimasco n'obéissait en rien à cette règle-là.

Sa chambre d'hôtel avait fait l'objet d'une fouille frénétique et le tueur, avant de l'égorger, lui avait quasiment découpé la poitrine.

Le mobile de ce meurtre n'était pas une simple élimination, mais bien de la faire parler, l'égorgement n'étant en fait qu'une atroce mise en scène.

En fait, en se libérant, le vieux Michaud avait ouvert deux brèches distinctes, deux plaies de souffrances infernales.

Le premier domino venait de tomber, mais la cascade qui s'ensuivait avait pris deux directions différentes.

Et ce, pour une raison simple.

Il y avait deux tueurs.

Deux hommes qui se suivaient sur des routes parallèles et qui, dans le secret de leur douleur, s'étaient fixé chacun une mission. Ces hommes ne se connaissaient sans doute pas et, pour mener à bien leur projet, ils allaient désormais, par meurtres interposés, se livrer une chasse sans merci.

Épuisé, Touraine ferma les yeux. Il appuya la tête contre le montant du radiateur et, dans le silence à peine troublé par le vrombissement de la ville en contrebas, il décida de se déconnecter, de se livrer au calme fragile d'un sommeil improbable.

12

— Voilà le topo, Bergereau. T'en penses quoi, toi ?

Le général Philippe Murat avait posé sa question pour la forme, sachant pertinemment que Bergereau n'en pensait rien. Ou plutôt qu'il pensait tout comme lui.

Il connaissait son ex-lieutenant depuis plus de quarante ans et le savait incapable de construire un raisonnement par lui-même.

À lui seul, Bergereau réunissait les caractéristiques principales du militaire de carrière, dessinant, à une nuance près, le portrait-robot de l'officier d'après-guerre. Un soldat au courage indiscutable qui n'avait jamais craint le coup de feu, un combattant qui savait tuer sans broncher, qui mettait un point d'honneur à se lancer, à chaque assaut, en tête de sa section. Un guerrier des rizières orientales et des bleds algériens qui semblait n'avoir pas connu la peur.

René Bergereau n'avait jamais été qu'un baroudeur forcené qui, conscient des limites de sa matière grise, avait voué toute son existence aux ordres reçus. Bref, une vie entière charpentée par l'obéissance.

Les deux hommes s'étaient rencontrés en Indochine et, dès les premiers combats livrés côte à côte, dans le silence qui précède les corps à corps, la sensation d'avoir trouvé chez l'autre « son frère de guerre » s'était faite certitude.

Dès lors, ils ne s'étaient pratiquement plus quittés. Ils avaient traversé la guerre d'Indochine puis les événements d'Algérie au sein des mêmes régiments, des mêmes compagnies. Tous deux avaient appris à gagner les batailles, à perdre les guerres, à tracer leurs propres horizons au gré des gouvernements successifs. Depuis la retraite, il arrivait souvent à Philippe Murat d'utiliser Bergereau comme chauffeur lors de ses nombreux déplacements dans l'Hexagone.

Depuis leur rencontre, Murat appelait Bergereau par son nom et l'autre, en dépit des années de combat, d'espoirs trahis et de souffrances partagées, continuait inlassablement de nommer son supérieur par son grade.

Aussi, en cette fin d'après-midi, quand il avait décroché le téléphone et que Murat lui avait demandé de venir sans attendre, il avait fait claquer son « oui, mon général » habituel avant de s'engouffrer dans sa voiture et de prendre la route de Carry-le-Rouet.

Le ciel s'était empli de nuages sombres et, de la baie du salon, la Méditerranée s'étalait en un maquillage bleu foncé aux reflets presque tristes.

Bergereau finit d'un trait son deuxième verre de bourbon.

— Ce que je comprends pas, mon général, c'est pourquoi cette putain d'histoire nous revient dans la gueule juste maintenant.

Alors Murat lui avait tout raconté.

Pour lui, tout avait commencé la semaine précédente, quand l'épouse de Michaud l'avait prévenu de la fin de son bonhomme.

Comme à son habitude, quand un de ses hommes était au plus mal, il s'était empressé d'accourir. L'ex-sergent Michaud s'était laissé bouffer par un cancer du poumon et, quand Philippe Murat avait poussé la porte de sa chambre, à la vue du presque cadavre, il s'était dit qu'il avait bien fait de ne pas traîner.

Une fois seuls tous les deux, après que les infirmières aient fini de contrôler les branchements, les tuyaux, les cathéters et les doses de morphine, le vieux sous-off s'était mis à chialer et puis, comme se vident les abcès trop mûrs, il s'était mis à parler.

De ses lèvres noircies exhalait un souffle putride, comme une odeur de poitrail en décomposition.

Michaud, ne sachant plus tourner la tête, regardait droit devant lui. Ce matin de mars 1960 à Ouadhia… Il ne voulait pas crever avec l'image du jeune Berthier, son pistolet enfoncé dans la bouche… Il ne voulait pas la garder non plus pour lui seul. Aussi, avait-il chargé son épouse de retrouver la trace de la sœur de ce pauvre gamin, et sa bonne femme avait fini par la dénicher, cette sœur jumelle. Une certaine Viviane Dimasco qui vivait à Lyon.

Michaud se vidait comme une artère tranchée, délivrant une véritable hémorragie de mots entrecoupée d'interminables quintes de toux. Murat s'était même demandé quel miracle permettait au vieux de puiser les bribes d'oxygène qui le maintenaient en vie.

Et Michaud avait continué de dire… Sa femme avait préparé une enveloppe pour la Dimasco. Un courrier pour libérer cette saleté de vérité. Gueuler au monde que le petit n'était pas mort en héros, mais que, de honte et de désespoir, il s'était fait sauter la cervelle sur le bateau du retour.

Quand Michaud lui précisa que dans la lettre il indiquait les noms et adresses de Ferrero, Hadj et Mangin, ainsi que la sienne, Murat avait laissé éclater sa rage. Mais le vieux soldat n'était plus sensible à la colère des hommes… Sur son visage s'était posé le sourire las de ceux qui savent que c'est foutu et qui, malgré la peur et le mal qui brûlent, se sentent légers après s'être délestés du poids des secrets.

Furieux, Murat avait quitté l'hôpital et, une fois chez lui, avait laissé sa mémoire ressasser en boucle cette matinée du printemps 1960. Un enchaînement de conneries qui auraient pu, s'il n'avait su imposer le silence, porter un coup fatal à sa carrière de grand soldat.

Une fois le soir tombé, il s'était installé à son bureau, avait décroché son téléphone. Ferrero, usé par le diabète, n'en avait rien à foutre, ne voulait plus entendre parler de toutes ces histoires de guerre. Mangin, lui, avait tellement picolé qu'il ne comprenait rien à la situation. Quant au vieux Hadj, il lui avait juste répondu qu'après tout, la vérité n'était pas une punition. Que cette maudite journée ne s'était pas effacée de sa mémoire et que si la sœur de Berthier était enfin informée des circonstances de la mort de son frère, et bien, ça n'était que justice, voire délivrance.

Des conneries ! Un flot de conneries !

Décidément, rien à tirer de ces trois-là.

Les années les avaient plus qu'usés et, face aux questions de Viviane Dimasco, sûr qu'ils parleraient, qu'ils raconteraient leur vie et plus encore.

Il passa la nuit qui suivit à gamberger, à se creuser la cervelle jusqu'à trouver une solution. La solution.

La seule possible pour réduire ces trois-là au silence. Ça s'était imposé à lui au petit matin. Il s'était fait un café serré et, face au soleil émergeant au loin, derrière les contreforts rocheux de Cassis, il avait décidé de les faire taire, définitivement.

Vingt-quatre heures pour concevoir un plan, élaborer une stratégie. Un ultime parcours du combattant, sans faute, pour trois meurtres parfaits.

Le passage à l'action fut décidé pour le lendemain, jeudi 6 septembre. Mais le soir, madame Ferrero l'appelait et lui annonçait le suicide de son mari, l'après-midi même.

Révision imprévue de ses plans, nuit blanche comme pour une veille de bataille et, le 6 au matin, en première page de *La Provence*, le visage de Mohamed Hadj, écrasé par un chauffard qui avait pris la fuite.

Opération annulée.

Passer de l'action à l'inaction. Cloué sur place par la stupeur, Murat était resté chez lui toute la journée à soupeser le poids du hasard et des circonstances inattendues.

Et puis le soir, n'y tenant plus, il s'était rendu chez Mangin pour y trouver porte close.

Une nuit de plus à cogiter, à enterrer les plans imaginés la veille.

Jusqu'à ce midi, quand les infos de la 3 avaient ouvert le journal sur la découverte du corps du vieux Mangin, égorgé à son domicile, puis celle de Viviane Dimasco, atrocement assassinée dans sa chambre d'hôtel, sur le Vieux-Port. La police interrogeait un suspect dont l'identité n'avait pas été révélée, dixit la journaliste.

— Voilà, le topo, Bergereau. Alors, t'en penses quoi ?

Et curieusement, Bergereau en pensa quelque chose :

— J'en pense que ces trois connards avaient vieilli plus que nous, mon général, et qu'ils n'avaient plus grand-chose à la place des couilles. Sûr qu'ils allaient s'affaler devant la sœur de Berthier et que ça nous aurait foutu dans une belle merde. Pour rien, en plus ! Parce que, franchement, qu'est-ce qu'on en a à foutre aujourd'hui ? Ça date de quarante piges, cette histoire, et tout le monde s'en branle. Alors, vous voyez, mon général, ces trois-là, je vais pas les pleurer. Pour ce qui est de la frangine de Berthier, ça lui apprendra à foutre son nez dans la merde. Voilà ce que j'en pense.

Murat connaissait son lieutenant par cœur. Au fond, sa présence *brut de décoffrage* l'aurait presque rassuré. À l'entendre, il esquissa un sourire et lui servit une rasade de plus.

— Tu as raison, Bergereau. On ne va pas s'apitoyer sur leur sort. Mais le problème n'est pas là…

— Ah bon ?

— Non. La vraie question, c'est que pour des raisons

qui m'échappent complètement, un inconnu les a exécutés tous les trois et que, pour corser le tout, cet enculé s'est même payé la mère Dimasco dans sa chambre d'hôtel.

Murat se leva du canapé et, tout en observant la mer, continua de parler, s'appuyant sur l'horizon comme sur une ligne directrice :

— Le hic, Bergereau, c'est que sur la liste de cet enfoiré, mon nom doit figurer en bonne place, et le tien aussi.

Le lieutenant vida son verre cul sec et lança, comme si la réalité lui sautait au visage :

— Putain de merde !

— Comme tu dis. Il y a de fortes chances que ce pourri veuille nous faire la peau d'ici demain. Peut-être même ce soir. Il y a fort à parier que ce fils de pute ne va pas s'arrêter comme ça sur sa lancée. Si ça se trouve, au moment où je te parle, il est planqué dans la pinède, derrière la maison, à nous épier à la jumelle. Alors, voilà ce qu'on va faire. S'il veut notre peau, va falloir qu'il vienne nous chercher là où on est. Ici, chez moi. Et c'est ici qu'on va l'attendre cette nuit. Chacun de son côté. Toi, tu vas rejoindre Hocine dans son pavillon au fond du jardin. Je l'ai prévenu, il t'attend. Chacun votre tour, toute la nuit, vous ferez une ronde autour du parc et de la maison. Chaque tour de garde ne devra pas excéder une demi-heure. Moi, de ma chambre, je vais surveiller la grille d'entrée et la palissade à la lunette infrarouge. Dès qu'il se pointe, on le cueille. Surtout, je le veux vivant. Une fois chopé, on le descendra à la cave et on lui fera passer l'envie de nous faire chier la vie, à cet enculé. Des questions ?

*

Philippe Murat accompagna Bergereau jusqu'au perron.

— Tu peux y aller. C'est là-bas, juste derrière les palmiers. Pour ce qui est d'une arme, t'as pas à t'inquiéter, Hocine te filera un de ses couteaux de chasse. Il en a toute une collection.

Murat jeta un coup d'œil à sa montre.

— Il va être 21 h 30. Hocine va prendre le premier tour. Toi, tu m'appelles avec ton portable dès que tu as bouclé ta ronde. Et comme ça toutes les heures. Vu ?

Philippe Murat referma à double tour. Au travers des petits carreaux de la porte d'entrée, il observa la silhouette de Bergereau se fondre entre les arbres, s'éloigner à grands pas sous les gouttes de pluie qui commençaient à tomber de plus en plus drues.

13

C'est le cliquetis de la clé dans la serrure qui lui fit ouvrir un œil. La pénombre qui baignait le bureau lui indiqua que la soirée avait déjà pris ses marques. Les trois néons bégayèrent leur tempo et la lumière blanche lui fit fermer les yeux un instant ; ce temps de clignement nécessaire qu'il faut aux hommes pour tenter d'y voir clair.

La commissaire fit son entrée la première, suivie du lieutenant Camorra, des inspecteurs Blanchard et Perridon, et de Théo Mathias qui referma derrière lui.

Camorra s'approcha, un sourire con aux lèvres, et lui ôta la menotte qui le maintenait au radiateur.

— Allez, Touraine. En piste ! Pose ton cul sur le tabouret. Je crois que la patronne a deux mots à te dire.

Une envie de lui claquer le beignet effleura le détective,

mais il savait depuis longtemps qu'avec ce genre d'abruti, l'arme la plus appropriée était encore celle des mots.

— Tu m'épateras toujours, Camorra. C'est vrai, ça fait quinze ans que je te connais et, franchement, t'es un cas unique dans ton genre. Traverser l'existence avec cent mots de vocabulaire, sincèrement, c'est costaud. Et je ne me fous pas de ta gueule. T'es vraiment pas la moitié d'un con, non. Pas la moitié, je te promets.

Dans sa vie d'avant, quand il avait intégré la brigade, Touraine s'était heurté d'entrée de jeu à Camorra. Il avait bien fait des efforts, mais il lui avait fallu très vite se rendre à l'évidence : la collaboration avec ce type serait à jamais difficile. Quand les ingrédients d'un cocktail ne peuvent se mélanger, quel que soit le talent du barman, ça reste une merde imbuvable.

Touraine s'assit sur le tabouret, dévisagea les quatre flics autour du bureau. Il prit alors la décision de ne s'adresser qu'à elle et balança les premiers mots :

— Bon, je vous écoute, madame. On ne va pas y passer la nuit…

Imposer le ton, le rythme, la cadence. À coups de regards, de sourires, de mots bien choisis, mieux qu'un rapport de forces, instaurer une relation d'égal à égal.

Les autres gardèrent le silence, attentifs à la partie qui allait se jouer.

Théo Mathias appuya son dos contre le mur. Il connaissait suffisamment son ami pour deviner la tactique qu'il avait élaborée, et que le match « Sadia-Touraine » pouvait se prolonger bien au-delà du temps réglementaire.

Aïcha fit le tour du meuble et s'assit face à Touraine, les fesses bien calées sur l'angle du bureau.

— Il est 21 h 45, monsieur Touraine, et on est tous comme vous, ici. On n'a pas envie d'y passer la nuit. Mais ça, ça dépend de vous. Ou vous nous prenez pour des cons et la plaisanterie peut se transformer en nuit blanche, voire deux. Ou…

L'idée qu'une nuit blanche avec elle n'aurait sûrement pas l'allure d'une plaisanterie traversa Touraine, mais il préféra ne pas l'interrompre.

—… ou vous coopérez en répondant à mes questions. La règle est simple : ni mensonge, ni omission. Si vous jouez le jeu, dans deux heures tout le monde est au lit. OK ?

Touraine jeta un coup d'œil à Mathias, prit une profonde inspiration et plongea son regard dans celui de la commissaire.

— Comme vous me donnez le choix, je retiens la deuxième option. OK pour répondre à vos questions, d'accord pour jouer le jeu. Mais comme tout jeu comporte un règlement, si on veut mener la partie à son terme, vous et moi devons en accepter les règles. Et ces règles, ce n'est pas vous seule qui les fixez, mais nous. D'accord ?

— Continuez.

— Un : je ne peux répondre à vos questions qu'à la condition d'avoir la réponse. Et ça n'est pas garanti.

Deux : si vous me connaissiez mieux, vous sauriez que je ne suis pas un menteur. Vous devrez donc considérer que dans chacune de mes explications, je ferai preuve de la plus grande honnêteté.

Trois : il va vous falloir accepter que des points importants n'ont pas été soulevés par votre équipe et que, par conséquent, j'ai la réponse à des questions clé dont vous n'avez pas encore conscience.

Et quatre : avant de dissiper vos points d'interrogation et de vous raconter mes dernières vingt-quatre heures, j'ai une question préalable à vous poser. On peut même dire un bouquet de questions.

L'attention de son interlocutrice l'incita à poursuivre :

— Qu'est-ce que je fous ici alors que quatre meurtres viennent d'être commis et que deux autres sont sans doute en préparation ?

— Une seconde, Touraine, coupa la commissaire. Mangin, Hadj et Dimasco, ça fait trois. Ça n'a jamais fait quatre. À moins que vous ayez planqué un cadavre.

Touraine comprit dans la seconde que les flics avaient zappé la mort de Ferrero.

— Ça va être compliqué pour vous de composer un puzzle si au départ il vous manque des pièces… Mais, allez-y. Posez-moi vos questions. C'est la règle du jeu. Je vous écoute, je vous réponds et ensuite, je vous éclaire la route.

Aïcha se tourna vers Mathias qui se contenta de hausser les sourcils, manière d'indiquer que tout était correct, que Touraine était un sacré danseur et qu'il l'avait prévenue.

La commissaire se replaça derrière le bureau avant de lui faire face à nouveau.

— Je vais vous raconter une histoire brève, Touraine. D'ailleurs, vous la connaissez sans doute mieux que moi étant donné que vous en êtes un des personnages principaux… et peut-être même le metteur en scène.

Elle sortit un paquet de blondes de la poche de son corsage de lin écru, faisant par ce simple geste reposer le tissu contre sa poitrine, laissant deviner par les transparences voilées de l'étoffe, le blanc ou le rose tendre de son soutien-gorge.

Tout en posant son briquet sur le bureau, elle tira une bouffée profonde avant d'exhaler le souffle d'une fumée qui devint presque blanche dans la lumière du néon.

— Il y a trois jours, mercredi cinq, à sept heures du matin…

— Excusez-moi, coupa Touraine, après je me tais.

— Après quoi, encore ?

— Après que vous m'ayez offert une cigarette. Je vous rappelle que ça fait plus de dix heures qu'on m'a retiré mon paquet, et vous savez comme moi qu'on ne tire rien d'un toxico en manque.

Aïcha lui tendit la cigarette qu'elle venait d'allumer et s'en glissa une autre entre les lèvres.

Décidément, songea Mathias, elle aimait la danse autant que lui.

— Je reprends. Donc mercredi, à sept heures du matin…

Visiblement, les flics étaient à côté de la plaque. Ils ignoraient l'essentiel : de la mort de Ferrero jusqu'aux raisons de la venue à Marseille de Viviane Dimasco. Tout ce qu'ils avaient pouvait se résumer à une suite de faits dont lui, Sébastien Touraine, était le dénominateur commun apparent.

Aïcha Sadia passait d'un mégot écrasé à l'incandescence d'une nouvelle cigarette et, sans le quitter des yeux, lui alignait les événements comme dans une rubrique nécrologique. Un vieux harki écrasé sur un trottoir de la ville, un ancien militaire alcoolisé retrouvé égorgé dans sa cuisine et une institutrice en retraite, originaire de Trets et habitant Lyon, découverte dans sa chambre d'hôtel, les seins mutilés et la gorge tranchée.

C'était le voisin de Mangin qui avait informé les flics de sa visite de la veille, rue des Bergeronnettes. Et puis la vieille de la rue Chicot leur avait raconté la venue, pendant l'enterrement du pauvre monsieur Hadj, d'un drôle d'enquêteur. Qu'il n'avait pas de carte de police et que, finalement, elle l'avait envoyé chez Lucas Brasco. Et Brasco avait confirmé l'avoir reçu chez lui, et qu'il lui semblait, à bien y réfléchir, que ce drôle de type n'était venu le voir que pour lui poser un tas de questions concernant son témoignage sur l'assassinat du vieil Arabe.

Cet après-midi, toute une équipe de spécialistes avait perquisitionné son cabinet. Une fouille en règle, avec les moyens scientifiques et tout le toutim.

Des empreintes de Viviane Dimasco en pagaille et, sur l'étagère de la salle de bains, une boîte métallique au fond de crêpe noir dont l'empreinte vide indiquait l'emplacement d'un rasoir à l'ancienne.

Et puis sa présence dans cette chambre du Tonic Hôtel, à genoux près du lit, semblant chercher quelque chose. Et pour finir, au fond de la baignoire, glissé derrière le dos du cadavre torturé, son propre rasoir à manche.

À l'évocation de la lame affûtée et du manche d'ivoire, Touraine revit son grand-père tracer sur son visage d'homme déjà vieux, des plaines dans la mousse blanche, éclabousser de poils gris l'eau fumante du lavabo. Un grand-père au sourire silencieux, incliné devant la glace en salopette grise et tricot de corps blanc.

Des poignées de minutes, certains matins d'enfance, auxquelles il n'avait pas pensé depuis bien longtemps. Et ce rasoir sacré lui revenait aujourd'hui, inattendu et inquiétant, en arme à égorger les hommes et les femmes.

Et les questions d'Aïcha tombèrent comme des rafales de pluie cinglante.

Où était-il mercredi 5, à sept heures du matin ?

Où avait-il passé la nuit dernière, à l'heure où l'on égorgeait ce pauvre Mangin ?

Que cherchait-il, ce matin, dans cette chambre d'hôtel ?

Et comment expliquait-il qu'on ait retrouvé son rasoir derrière le corps de Viviane Dimasco ?

— Vous voyez, Touraine, ce n'est pas bien compliqué. Il vous suffit de répondre à ces questions. Cela nous permettra à tous de retracer votre emploi du temps des quatre derniers jours.

Touraine continua de se taire, sachant que la prolongation de son silence entraînerait la commissaire à dérouler son raisonnement jusqu'au bout.

— En tout cas, poursuivit-elle, ce qui ne fait aucun doute, c'est que vous êtes lié de près à ces trois meurtres et, qu'en plus, l'arme du dernier crime vous appartient. Je trouve que ça fait déjà beaucoup. Alors maintenant, on vous écoute.

Sébastien Touraine extirpa une cigarette du paquet posé sur le bureau.

— Je peux me lever ? questionna-t-il en se redressant. J'ai besoin de me dégourdir les jambes. Plus de huit heures collé à un radiateur, c'est pas trop dans mes habitudes.

Il poussa le tabouret du pied et s'accroupit avant de faire quelques assouplissements.

— Bon, tu nous fais quoi, Touraine, grinça Camorra, visiblement agacé. T'es pas au Club Med, ici. On n'a pas que ça à foutre et il me semble qu'on vient de te poser des questions. Alors, t'arrêtes ton cirque et tu nous causes. Compris ?

— Sois pas impatient, Camorra. Ça te rend désagréable alors qu'on sait tous ici que t'es un brave garçon.

Aïcha Sadia fit un geste de la main pour couper court à la réaction de son lieutenant.

— Bon, Touraine, ça vient ? Parce que là, ça commence à bien faire ! Clopes, gymnastique, plaisanteries de cour de récré. Ça va, maintenant. Je vous ai posé cinq questions, je veux cinq réponses. C'est simple, non ?

Le silence se posa d'un coup dans la pièce et Aïcha, manière de l'aider à enclencher le premier mot, ajouta :

— Bon, alors. Si vous me parliez de cette putain de semaine…

Touraine reprit place sur le tabouret et ne quitta plus ni ses yeux, ni ses lèvres du regard.

— Aïcha, je me permets de vous appeler par votre prénom, ça me facilitera la confidence.

Il écrasa sa cigarette au bord du cendrier plein et continua :

— Quand on veut comprendre une histoire, il ne suffit pas d'en extraire deux ou trois scènes choisies et de se poser pour seules questions celles qui n'ont pour objet que de coller au film qu'on s'est fait de l'histoire. Ça n'est pas comme ça que ça marche. Voyez-vous, pour appréhender toute la trame qui nous intéresse, il faut commencer par le commencement, par la première heure, la première seconde et peut-être même avant.

Touraine reprit son souffle le temps d'apprécier, au travers du silence, le faisceau d'attention maintenant suscitée.

— Tout commence en mars 1960. Quelques jours avant de rentrer au pays, un jeune appelé du contingent, Antoine Berthier, crapahute dans les montagnes de Kabylie. Ça fait dix-huit mois qu'il en chie, et on peut facilement imaginer le soulagement qui est le sien à accomplir sa dernière mission sur le terrain. Il a fait son service militaire au 7e régiment de chasseurs en Algérie. Sa compagnie était sous le commandement du capitaine Murat, aujourd'hui général à la retraite, officier de la Légion d'Honneur, conseiller militaire sur la Une, conférencier international et j'en passe… Précision, Murat vit actuellement à Carry-Le-Rouet, à pas trente-cinq bornes d'ici.

Le jeune Berthier donc, qui est opérateur radio auprès de son capitaine, est encadré par un groupe de sous-officiers : l'adjudant Ferrero, le caporal-chef Mangin et un caporal harki, Mohamed Hadj.

Pour votre information, Ferrero a été retrouvé mort à son domicile de Sainte-Marthe par son épouse, mercredi dernier, soit il y a trois jours. Suicide par overdose d'insuline ; le pauvre type était diabétique. J'ai rendu visite à madame Ferrero, j'ai vu le corps du vieux dans son cercueil et j'ai longuement discuté avec son médecin traitant. Je peux affirmer que Ferrero, en dépit des apparences, a bien été assassiné. J'en ai plus que la conviction, j'en ai la preuve. Mais on y reviendra tout à l'heure.

Quant à Mangin et Hadj, vous en savez autant que moi, si ce n'est plus, sur leur fin.

Ah oui, j'allais oublier le sergent Michaud. Un appelé, tout comme Berthier, qui est mort la semaine dernière à

Paoli-Calmettes d'un cancer du poumon.

Quant à Berthier, une fois sur le bateau du retour, à quelques heures de retrouver les siens, il se tire une balle dans la bouche, sur le pont, devant tout le monde.

Murat, pour des raisons qui forment sans doute la clé de voûte de toute cette merde, a décidé de camoufler le suicide. L'armée a rendu le corps dans un cercueil fermé, le tout livré avec la version officielle : le gamin est mort au combat. Et les parents de Berthier, tout comme sa sœur jumelle, ont passé leur vie à honorer le jeune héros tombé pour la patrie.

Et voilà ! Voilà comment le silence, quand il est lourd comme une pierre tombale, peut pendant quarante ans ensevelir une zone d'ombre de la guerre d'Algérie. Jusqu'à la semaine dernière.

Eh oui, les pierres tombales, c'est pas éternel. Tout a craqué il y a huit jours. Le vieux Michaud, sur son lit d'hôpital, n'a pas voulu crever avec son putain de secret de guerre. Il a chargé sa femme de retrouver la sœur de Berthier et de lui apprendre la vérité sur la mort de son frère. Alors, elle a cherché, la mère Michaud, et l'adresse de cette sœur, elle a fini par la dénicher.

À peine son mari décédé, elle est allée au bout de sa promesse. Elle a fourré le dossier militaire de celui-ci dans une enveloppe, les photos de régiment, les lettres qu'il lui avait envoyées, sans oublier les noms et adresses des sous-offs, et elle a posté le paquet.

Et cette sœur, figurez-vous, qu'elle m'a téléphoné avant-hier pour me demander un rendez-vous. Je l'ai reçue à mon bureau hier matin, et j'ai accepté de m'occuper de son affaire. Elle m'a simplement demandé de rencontrer ces anciens soldats et de recueillir auprès d'eux les causes et les circonstances de la mort de son frère.

Sa demande était plus qu'une simple enquête, c'était comme une « mission sacrée ». Cette sœur, Aïcha, s'appelait Viviane Dimasco. Elle était bouleversée par la vérité. Quelque part, elle avait peur de l'affronter, mais en même temps, elle était impatiente de savoir. Je ne l'ai vue qu'une fois, un peu plus d'une heure, mais je peux vous dire que c'était quelqu'un de bien. Oui, une belle personne…

Pendant le récit de Touraine, personne n'avait ouvert la bouche. Une tension presque palpable régnait dans la pièce et, à l'évocation des montagnes de Kabylie, de cette guerre lointaine, le regard bleu d'Aïcha s'était imperceptiblement assombri. Ce changement de lumière au fond des yeux n'avait pas échappé à Sébastien Touraine.

À cet instant précis, il songea que les nuages de nos anciens n'ont pas de frontière et, qu'à tout moment, au détour d'un ciel soudain capricieux, ils peuvent projeter leurs ombres sur nos vies qu'on pensait lumineuses…

Il se servit une clope de plus et conclut dans un sourire tranquille :

— Voilà. Le décor est planté. Fin du premier acte. On se fait un café, et je continue. OK ?

Une fois de plus, Théo Mathias se dit que son ami n'était pas un homme ordinaire. Il posa la main sur l'épaule de sa patronne et rompit le silence.

— Allez, madame. Un bon café, ça ne fera de mal à personne.

14

René Bergereau connaissait suffisamment les ciels du sud pour saisir, dès les premières gouttes, qu'il fallait hâter le pas.

Le vent se leva d'un coup et les premières bourrasques balayèrent le parc, transformant les arbres en silhouettes mouvementées. Le crépitement des gouttes au travers des feuillages se fit plus intense et le lieutenant se résolut alors à atteindre le pavillon trempé comme une soupe.

Le bâtiment se dessina derrière les palmiers malmenés par le vent et, à la vue de la petite bâtisse sans étage, il se mit à courir, relevant sa veste jusqu'à s'en recouvrir la tête sous la pluie devenue battante.

Sans frapper, il ouvrit la porte qu'il s'empressa de refermer derrière lui.

La maison avait la taille modeste des logements de domestiques. Comme pour mieux souligner l'étroitesse d'une vie de serviteur, tout y était exigu : le salon-séjour en petit rectangle, la cuisine en kitchenette aménagée, la salle de bains en coin douche-toilettes et l'unique chambre à coucher dont le lit en 140 prenait toute la place.

Le tout encombré de meubles divers et rescapés, de bibelots en cuivre, de canevas aux couleurs d'oasis accrochés aux murs et, posées çà et là, de photos noir et blanc, souvenirs jaunissants des enfances algériennes.

Des assiettes et des couverts pour deux disposés sur la nappe. Le bouillonnement soudain de l'eau qui déborde d'une casserole le fit se tourner vers le coin cuisine.

— Bon, il est où, ce con ?

Bergereau éteignit le gaz du brûleur puis ouvrit la porte de la chambre. Les rideaux n'étaient pas tirés et, au travers de la fenêtre coulissante, le vent déchaîné se donnait en spectacle.

En vain, il testa un interrupteur. Une brève apparition de la lune offrit à la pièce une clarté fugace, révélant sur le lit la silhouette allongée du vieil Hocine, tourné sur le côté.

Bergereau se pencha et secoua l'épaule du harki.

— Bon, tu vas te réveiller, bordel !

Le silence du domestique lui fit froncer les sourcils.

Il tira l'épaule vers lui et le petit Arabe se renversa sur le dos, livrant à Bergereau le bouillonnement rouge de sa gorge tranchée. L'ancien lieutenant se redressa comme un diable et pivota d'un coup.

La lame du rasoir, tendue à bout de bras dans son dos, trancha en un trait rectiligne, sectionnant les artères et la glotte d'une carotide à l'autre.

Avant que sa vue ne se brouille, il s'entoura le cou des mains, sentit le sang jaillir par flots tièdes entre ses doigts.

Pour avoir si souvent donné la mort, le lieutenant en connaissait jusqu'à l'odeur du rendez-vous.

Les yeux noirs de Mohamed Askri le fixaient dans l'attente silencieuse de son affaissement.

La lame se baissa, tranquille, et la bouche de Bergereau s'emplit tout entière du dernier sang qu'il avait à vomir.

Les premières foudres s'écrasèrent sur un jardin voisin, étouffant sous leur vacarme le bruit pesant du corps qui s'écroule.

15

Aïcha Sadia laissa la porte du bureau se refermer derrière elle, s'approcha d'une des fenêtres barreaudées, celles qui donnent sur les docks, ouvrit en grand les deux vantaux sur la nuit marseillaise, avant de s'allumer une cigarette et de porter le gobelet de café brûlant à hauteur de ses lèvres.

Elle avait maintenu la pièce dans l'obscurité et, du dehors, seul le rougeoiement intermittent de la cendre permettait de localiser sa présence au dernier étage du bâtiment plongé dans la pénombre.

Après avoir fait monter des sandwichs et fait servir un café à tous, elle s'était levée d'un coup, comme à son habitude quand elle avait besoin d'espace et de solitude.

— Je vous laisse un moment. Si on a besoin de moi, je suis dans mon terrier.

C'est ainsi qu'elle avait baptisé son bureau, peu après sa prise de fonctions. Un terrier comme un refuge, une tanière où, au plus fort des tensions, elle s'enfermait quelques minutes ou quelques heures. Le temps nécessaire à la réflexion, à l'imbrication minutieuse des éléments. De longs instants sans paroles, indispensables à la synthèse de ses contradictions. Là, les fenêtres grandes ouvertes sur les rugissements de la ville, elle se cognait à sa colère jusqu'à retrouver le calme, l'idée parfois même lumineuse qui la faisait trancher et prendre la juste décision.

Une fois de plus, elle s'était éclipsée, laissant les autres à leur jambon-beurre, à leur café-plastique.

S'approcher le plus possible des barreaux, laisser le vent du sud s'engouffrer dans la pièce, lui décoiffer ses mèches brunes. Et puis tirer sur sa clope jusqu'au goût javellisé du filtre presque chaud et regarder, au loin, les lueurs blanches des lampadaires sur les quais. Deviner l'ombre noire des cargos et des grues, identifier le bruit lointain des palans qui déchargent, les plaintes rouillées qui se perdent et le rire des hommes qui transpirent la nuit. Sourire en silence à ce port qui la berce, la rassure et ne dort jamais.

C'est comme ça, elle le sait, que tournée vers la mer aux reflets électriques, allumant la cigarette suivante en économisant le moindre geste, comme une sentinelle de la ville, elle peut alors ressentir, appréhender sans limites, se libérer enfin de la pression, des certitudes construites qui rendent aveugle.

L'innocence de Touraine ne fait plus aucun doute. Cet homme n'est pas un tricheur. Le désir de vérité l'obsède autant qu'elle. C'est elle qui se plante depuis le début.

Droit dans l'impasse, sans l'ombre d'un détour. Pressée de conclure au plus vite cette affaire de harki écrasé, d'anciens d'Algérie assassinés, elle a choisi la facilité, retenu le seul raisonnement qui pouvait maintenir sur le passé de son pays un couvercle fragile.

Depuis l'instant où, accroupie sur le bitume, elle avait examiné le corps disloqué de Mohamed Hadj, depuis qu'elle avait vu le chagrin et l'effroi dans les yeux de sa vieille épouse, Aïcha Sadia s'était laissée submerger par une peur d'enfance. Les récits des règlements de comptes du printemps 1962, ravalés depuis la jeunesse, lui remontaient à la gorge. Toutes ces conversations de grands, écoutées en cachette, tous ces cris de petites filles violées, de garçons égorgés devant les parents, toutes ces atrocités qui, à ses yeux, avaient à jamais entaché l'indépendance de son pays d'origine, toute cette sauvagerie lui avait envahi le ventre, la tête, jusqu'à faire déferler en elle un torrent d'anxiété. L'unique sortie de secours qui s'offrit à elle fut de s'engouffrer dans une logique de diversion, un raisonnement qui retarderait le plus possible l'heure de regarder les choses en face.

Pendant l'interrogatoire, ses hommes s'étaient tus. Ils l'avaient écoutée, observée en silence se lancer dans une lutte contre Sébastien Touraine, sans autre arme que sa volonté farouche de s'arranger avec la vérité. Et les mots de Touraine s'étaient abattus sur les siens, noyant son argumentation sous un flot d'informations nouvelles, d'intuitions limpides et implacables.

Touraine avait gagné la partie parce qu'il était porteur de vérité. Désormais, il lui fallait en faire un allié sans pour autant perdre la face. À elle de lui proposer ce qu'il ne pouvait refuser : la paix des braves et une main tendue.

Elle pensa à ce pays qu'elle ne connaissait que par les mots de son père. Cette voix douce d'homme des montagnes qui lui disait la bravoure et la fierté des siens tandis que sa mère souriait en silence, les yeux plissés sur le passé, comme pour mieux acquiescer. Elle se souvint des pages cornées des manuels scolaires qui racontaient les colonies en enterrant l'histoire des peuples.

Le vent se fit soudain plus soutenu et elle ferma les yeux sur la ville noire et scintillante. Lui revinrent à l'esprit les gorges tranchées de Mangin et de Viviane Dimasco, le corps de Mohamed Hadj comme un chien écrasé sur la route, elle devina le bras décharné de Ferrero, bleui par l'injection mortelle, elle entendit les mots de Touraine lui jeter au visage le suicide de ce jeune soldat sur un bateau, et là, quand le bout incandescent de sa cigarette se détacha du filtre, elle sut qu'elle avait rendez-vous avec la terre des siens. Que ce qu'elle n'avait jamais voulu voir ou entendre, allait lui exploser la vie.

Elle se retourna, ouvrit la porte et s'enfonça dans le couloir pour rejoindre les autres, étrangement réconfortée à l'idée de faire le voyage avec cet ancien flic devenu détective privé.

*

Dès qu'elle fit ses premiers pas dans le bureau, Touraine sut que les lignes avaient bougé. À son allure moins impérieuse, il comprit qu'elle avait déposé les armes, au regard qu'elle jeta vers Mathias, qu'elle était sur la même longueur d'onde que lui, à sa manière de s'asseoir sur le bureau et, d'un mouvement bref du menton, de replacer ses mèches noires, il sut qu'elle avait trouvé une nouvelle force.

Elle le fixa un court moment et, dans son regard, un sourire invisible lui assura qu'il avait désormais une complice, pour peu qu'il sache y mettre les formes. C'est alors qu'il songea aux chefs vaincus qui, lorsqu'on maîtrisait les codes de l'honneur, pouvaient devenir les plus fidèles alliés.

Elle alluma une cigarette, regarda chacun de ses hommes, un peu comme on passe les troupes en revue, et s'adressa à eux longuement, comme s'il n'était pas là.

Les mots se répandirent dans le bureau comme une rivière en crue, charriant des tonnes d'intuitions, de peurs assumées et d'émotions contenues.

Touraine resta un moment les yeux fermés. Au ton de la commissaire, aux intonations qu'elle avait choisies, à la façon qu'elle avait maintenant de prononcer son prénom, il sut qu'il avait gagné bien plus qu'un combat et, qu'entre eux, désormais, prévaudrait le lien inaltérable de la connivence.

16

22 h 50

Philippe Murat balança son portable sur la table de la cuisine. Impossible de joindre Bergereau. À l'heure fixée, ce dernier ne l'avait pas appelé.

Plus de trente fois, Murat avait composé le numéro de son ex-lieutenant. Plus de trente fois, la sonnerie avait résonné dans le vide jusqu'à l'enclenchement de la messagerie vocale.

Il avait fini par actionner l'interphone reliant la maison au pavillon d'Hocine. Avec le silence grésillant pour toute réponse.

Le général enfila sa parka, empoigna son pistolet et vérifia le contenu du chargeur. D'un mouvement sec, il arma son automatique, et sortit sur le perron.

Le ciel avait retrouvé son calme. Le vent du sud avait repoussé l'orage au loin, bien au-delà de l'étang de Berre, et l'eau finissait de ruisseler dans les gouttières.

Impossible d'attendre plus longtemps. Le mutisme de Bergereau et d'Hocine ouvrait la porte au pire des scénarios. Fort à parier que le tueur s'était occupé d'eux. Inutile de rester ici. L'heure était maintenant à l'offensive.

L'inconnu n'était pas entré dans la maison ; Murat l'aurait entendu. Non, sans doute l'attendait-il dans le pavillon, plongé dans l'obscurité avec les deux cadavres. L'embuscade avait tout simplement changé de camp.

Philippe Murat n'avait pas oublié l'art d'investir un bâtiment. Mille fois, en Algérie, le jeune capitaine s'était jeté entre les murs de pierres ou de torchis, le pistolet braqué au bout du bras tendu. Plus d'une fois, il avait vidé son chargeur dans le noir, faisant s'écrouler les ombres suspectes ou innocentes, ouvrant ainsi la voie aux hommes de sa section.

Il connaissait les gestes par cœur, mais cette fois, quand il se lança à demi courbé entre les arbres, il sentit dans sa poitrine la peur prendre toute la place. Il s'accroupit un instant derrière le tronc cranté d'un washingtonia, expira lentement, manière d'évacuer l'angoisse, de lui trouver la seule explication possible. Pour la première fois de sa vie de soldat, il montait à l'assaut désespérément seul.

Il franchit les derniers mètres en courant et se plaqua contre le mur de crépi, à gauche de la porte d'entrée. La lumière était éteinte et l'intérieur de la maisonnette plongé dans l'obscurité.

Murat se dit que l'autre avait dû couper le courant. Il réfléchit un instant, laissant à son cœur le temps de retrouver son rythme. Il lui suffisait de traverser le séjour en vitesse, d'atteindre la pièce du fond qui servait d'arrière-cuisine, et d'appuyer sur le disjoncteur. Là, dans la lumière, il ne pourrait pas le louper.

Mentalement, il compta jusqu'à trois et, d'un coup de pied, fit voler la porte en éclats. Il bouscula les chaises qui s'écrasèrent sur le carrelage, repoussa le rideau qui obstruait l'entrée du local technique et, de la main gauche, chercha le compteur électrique.

Le ciel déchargea un dernier éclair. La lueur aussi blanche que celle d'un flash fit scintiller la lame et le regard noir de Mohamed Askri.

Murat, d'un coup de reins, recula de quelques centimètres, et tendit le bras pour faire feu quand la douleur de son poignet tailladé lui fit lâcher son arme.

Il se jeta alors en avant et les deux hommes roulèrent au sol. La mémoire de la guerre lui martela le crâne de tous les souvenirs réflexes. Il se rappela que dans ce chaos des chairs, les lames peinaient à trouver leur chemin.

Et dans cette pièce étroite et sombre, les deux hommes entremêlèrent leurs souffles, leurs rugissements de bêtes qui ne veulent pas mourir. La mort de l'autre devint l'unique espoir, le seul objectif à atteindre.

De la main gauche, le général bloqua le poignet armé d'Askri qui, de sa main libre, tenta de l'étrangler.

Une image flash brouilla la vue de Murat. Celle d'Hocine qui rangeait son fer à repasser sur l'étagère, là, à gauche, au ras du sol.

Les doigts de l'autre refermés autour de son cou comme des serres, qui bientôt bloqueraient le sang et l'air, se crisperaient encore jusqu'à broyer le cartilage. Alors, tenter le tout pour le tout. Mordre jusqu'au sang la main qui enserre, lancer un coup de boule qui éclate le nez. Et l'autre hurla et relâcha l'étreinte.

Sur l'étagère, Murat saisit le manche cylindrique. Askri fendit l'air de sa lame et lui entama l'épaule.

De toutes ses forces, Murat abattit le fer sur le visage. Il frappa encore, écrasa les os, les dents sous la ferraille jusqu'à sentir sous lui une masse enfin inerte.

Murat réenclencha le disjoncteur et inspecta le pavillon, allumant les pièces les unes après les autres.

Il découvrit Hocine sur le lit, tout son sang répandu sur la poitrine. À ses pieds, dans une flaque rouille, Bergereau s'était vidé du sien.

Dans l'arrière-cuisine, l'autre, un homme d'une quarantaine d'années, de type maghrébin, avait perdu connaissance. Son nez fracassé virait au noir et son crâne ouvert pissait le sang. Rien de bien grave, songea Philippe Murat, tandis qu'il lui ligotait les poignets et les chevilles. Il en faut plus à ce genre de chien pour crever, pensa-t-il, en ôtant sa parka. Puis il récupéra son pistolet qu'il glissa dans une poche de son pantalon et se mit à fouiller les tiroirs de la cuisine jusqu'à dénicher un rouleau de sparadrap et une bouteille d'alcool à 70°. Il déboutonna sa chemise déchirée et, devant la glace de la salle de bains, examina ses plaies attentivement. L'habitude ancienne des blessures lui fit se dire que ça n'avait rien de sérieux. Il désinfecta son poignet, puis l'épaule et confectionna deux larges pansements, en attendant de se faire recoudre, plus tard, par une amie infirmière.

Une fois rhabillé, il traîna l'autre jusqu'au séjour, s'assit sur une des chaises encore debout, observa le visage tuméfié de Mohamed Askri, et se dit que ce type avait vraiment une gueule d'Algérien.

*

Spectacle insolite que ce général, parka kaki et cheveux gris, les muscles tendus comme les bras d'une charrette, trimbalant en soufflant le corps d'un homme ligoté à travers le jardin.

Il gravit les marches du perron, tira son fardeau jusque dans le hall. Là, il ouvrit la porte de la cave et le traîna dans l'escalier.

Une fois en bas, il souleva une trappe dissimulée sous la poussière, actionna un interrupteur. Au deuxième sous-sol, une ampoule nue suspendue au plafond fit apparaître une cave plus petite, aux voûtes de briques plutôt basses.

Murat positionna Askri au bord de l'escalier de bois et le fit basculer dans le vide, avant de descendre à son tour.

D'une cantine militaire entreposée derrière l'escalier, il tira des câbles, des électrodes, une paire de menottes et la pièce centrale d'une gégène. D'un fourreau de cuir, il extirpa un poignard commando dont il s'assura de l'état d'affûtage en glissant prudemment son pouce sur la lame. Il déposa tout le matériel sur une ancienne table d'écolier, s'assura que rien ne manquait, puis acheva de s'occuper d'Askri.

Après lui avoir détaché les poignets, il lui passa les menottes, le hissa à la verticale, finit par arrimer les bracelets à un anneau qui pendait du plafond.

En nage, Philippe Murat remonta l'escalier, avant de redescendre, les bras chargés de trois bouteilles d'eau.

Il referma la trappe au-dessus de lui et là, coupé du monde, dans le silence de cette cave connue uniquement de lui, il se surprit à sourire. Une fois de plus, il avait gagné la partie. L'autre, piégé comme un rat, allait tout lui dire. Tout. Murat savait comment s'y prendre.

Il saisit le poignard sur la table et s'approcha de Mohamed Askri. De la pointe de la lame, il fit sauter les boutons de la chemise ainsi que ceux du pantalon. Il déchira l'étoffe jusqu'à ce que l'autre soit complètement nu.

L'odeur du sang séché, de la transpiration, les battements accélérés de son propre cœur, lui rappelèrent les senteurs damnées des nuits algériennes.

Il recula de quelques pas, examina la chair blafarde dans la lumière de l'ampoule, attendant patiemment que l'autre ouvre les yeux.

Murat, bien qu'il ait toujours délégué les sales besognes à ses subalternes, connaissait la marche à suivre. Une fois qu'ils sont à poil, que leur sexe pendouille, que les poignets commencent à saigner sur le métal et que le froid s'empare du reste du corps, les hommes sont plus enclins à raconter leur vie…

DIMANCHE 9 SEPTEMBRE

17

Minuit dix

Touraine se leva de sa chaise, s'avança jusqu'au paperboard et saisit un épais marqueur noir avant de se tourner vers Aïcha.

— Je peux ?

— À vous de jouer.

Une fois revenue de son terrier, la commissaire avait longuement exposé son point de vue, détaillé les cheminements intimes de ses hésitations.

Des premiers mots lancés comme des excuses. À savoir que cette affaire, dès les premiers instants, l'avait cueillie à froid, lui projetant pêle-mêle au visage l'histoire des siens et de son pays. Qu'enfant, elle avait entendu ses parents, ses oncles et tous les anciens raconter à voix basse les rafles de l'armée française, les tortures, les meurtres, les viols et les exécutions sommaires. Que ces récits d'immigrés qui parlaient sans élever la voix, que leurs paroles qui transpiraient la souffrance et la peur, que toute cette haine d'hommes pour d'autres hommes avaient jonché ses nuits d'enfant de cauchemars sans fin, et que depuis deux jours, pour la première fois depuis longtemps, cette histoire, comme ressurgie de tiroirs secrets, l'avait brusquement rattrapée.

Pour se protéger, elle s'était jetée sur l'hypothèse de la culpabilité de Touraine. Un soupçon comme une bouée de secours. Une suspicion injuste pour faire barrage à cette peur qui monte.

Enfermée dans son bureau, elle avait réfléchi. Seule face à la nuit marseillaise, elle s'était fait l'aveu de son erreur. Point barre. Maintenant, on passait à autre chose.

Elle lui faisait désormais confiance. Jusqu'à lui demander de l'accompagner dans cette enquête. Camorra pouvait bien faire la gueule, elle n'en avait rien à foutre. Elle l'incluait, lui, le détective privé, à son équipe. C'est tous ensemble qu'ils iraient au bout de l'affaire.

Elle ne le considérait pas comme un de ses lieutenants, non, plutôt comme un ex-collègue, quelqu'un qui connaît le job, sur qui elle peut compter.

Touraine n'avait pu s'empêcher d'esquisser un sourire. Cette femme n'était vraiment pas ordinaire. Se mettre à nu, comme ça, devant ses hommes, leur offrir ses faiblesses en strip-tease et, aussi vite, se remettre en question sur des choses essentielles. Franchement, elle l'avait épaté.

— Je vous savais gonflée à bloc, Aïcha, mais là, vous m'avez soufflé.

Il tira une bouffée profonde de la cigarette qu'il venait d'allumer et, pour la détendre ou la faire sourire, il ajouta :

— J'irais même jusqu'à dire que vous m'avez réconcilié avec le féminin.

— Vous voyez bien, Touraine, qu'aucune mission ne m'est impossible, rétorqua-t-elle, lançant un imperceptible clin d'œil à Théo Mathias.

Touraine l'observa tandis qu'elle quittait sa position assise sur le coin du bureau. Elle tira une chaise à elle et se positionna au même niveau que lui.

Alors il poursuivit :

— Je vais vous aider, c'est évident. Mais pas comme vous l'entendez. Moi aussi, j'ai mis les pieds dans votre histoire comme dans un marécage, et j'ai même failli m'y engloutir. La différence, c'est que ni ma vie, ni mon passé, et encore moins mon sang ne sont en jeu. Alors, bien sûr que nous allons conduire ensemble cette enquête à son terme. Mais la distribution des rôles n'est pas celle que vous imaginez. Vous semblez oublier que j'en sais plus que vous tous ici sur cette histoire, qu'on a cambriolé mon cabinet, et qu'en utilisant le rasoir de mon grand-père pour trancher des gorges, on a tenté de vous manipuler, de me faire passer pour le coupable de tous ces meurtres… Sans compter la promesse que j'ai faite à Viviane Dimasco de rétablir la vérité sur la mort de son frère. Alors, l'idée d'ex-collègue, vous la mettez de côté. C'est de guide que je vais vous servir, Aïcha. Plus qu'une enquête, c'est un voyage sur la terre des vôtres que vous avez entrepris. Je vais donc vous servir d'accompagnateur et de filet de sécurité. N'oubliez pas qu'à se pencher trop imprudemment sur son passé, on peut parfois chuter.

Touraine emplit la page blanche du paperboard de larges lettres noires.

1 : mars 1960 : compagnie du capitaine Murat.

2 : Michaud : les confessions.

3 : le lieutenant.

— Voilà, à mon avis, les questions auxquelles il faut répondre en priorité. Je m'explique. Le point de départ de toute l'affaire, c'est le suicide de Berthier. Alors, question numéro un : que s'est-il passé dans cette compagnie du 7e chasseurs de suffisamment grave pour que le gamin se tire une balle quelques jours plus tard ? Deuxième question : avant de mourir, le sergent Michaud s'est-il confessé à quelqu'un d'autre que sa femme ? Troisième question : tout homme qui a fait son service militaire pourra vous dire qu'il nous manque un personnage incontournable. C'est simple, nous avons un capitaine, Murat, un adjudant, Ferrero, un sergent, Michaud, un caporal-chef, Mangin et un simple soldat, Berthier.

Touraine se tut un instant, le temps d'écraser sa cigarette dans le cendrier.

— Alors question : où est passé le lieutenant ? Entre le capitaine et les sous-offs, il y a obligatoirement un lieutenant. Qui était-il ? Et où est-il ?

Camorra jeta son chewing-gum dans la poubelle et prit la parole.

— C'est bien gentil tout ça, Touraine, mais comment tu fais pour savoir ce qui s'est magouillé en Algérie, il y a plus de quarante ans ?

La commissaire se décolla de la chaise et rejoignit Touraine près du paperboard.

— J'ai peut-être la solution, commença-t-elle. Après la guerre, un de mes oncles a bossé pour les services secrets algériens. Pas impossible qu'il ait de l'info sur cette histoire.

Touraine se tourna vers elle.

— Pourquoi ? Il était sur place à l'époque ?

— Oui. Ramdane Belkacem, c'est son nom, était un des piliers du FLN en Kabylie.

Après l'Indépendance, il a fait une carrière d'officier dans le renseignement. Il a fini colonel. Quand il a pris sa retraite, il est venu s'installer en France, sous un autre nom, histoire de se protéger des groupes armés du GIA contre lesquels il a aussi lutté. Aujourd'hui, il est installé à la Ciotat. J'ai de très bons rapports avec lui. Vous pensez, sa nièce devenue commissaire de police ! S'il sait quelque chose, il nous le racontera.

Elle jeta un coup d'œil à sa montre.

— Il est un peu tard, mais je vais quand même l'appeler pour qu'il puisse nous recevoir demain, en début de matinée.

À peine avait-elle fini sa phrase que le téléphone se mit à sonner. Elle décrocha, ponctua son écoute d'une suite de hochements approbateurs et, avant de raccrocher, conclut par un bref : « Faites-le monter. »

— C'est le mari de Viviane Dimasco. Nos services ont pu le joindre sur son portable. Il était en réunion à Lille. Il vient de débarquer ici. Camorra, Blanchard et Perridon, vous pouvez rentrer chez vous dormir un peu. En revanche, je vous veux tous dans mon bureau à 8 heures.

Les trois hommes sortirent de la pièce et Aïcha prit place derrière le bureau.

— On va le recevoir ensemble, Touraine. Quant à vous, Mathias, si vous pouviez rester avec nous… Le pauvre homme doit être drôlement secoué. On ne sait jamais, s'il nous fait un malaise ou je ne sais quoi… Et puis, on ne sera peut-être pas trop de trois pour l'aider à encaisser le coup.

18

Philippe Murat s'assit sur le couvercle en métal de la cantine. Il ouvrit le portefeuille trouvé dans une des poches de son agresseur, extirpa une carte d'identité de sa protection plastique et déplia soigneusement le document sur ses genoux.

Mohamed Askri.

Né le : 18 avril 1955 à Tizi-Ouzou (Algérie).

Taille : 1,74 m.

Signe particulier : néant.

La photo noir et blanc dévoilait le visage d'un étudiant aux cheveux courts. Un jeune homme brun au regard clair chez qui l'ennui semblait se le disputer à la tristesse.

Cet homme était donc kabyle. Comme tant d'autres, songea Murat, il avait fui la misère et la montée en puissance des islamistes.

Murat dégagea le reste des papiers, les étala sur la caisse de métal : un talon de mutuelle, une carte de crédit et un bulletin de salaire. Askri était infirmier à l'institut Paoli-Calmettes, là où Michaud venait de mourir.

Il finit la fouille et dénicha, entre quelques billets de banque, une feuille pliée en six. Il l'étala devant lui et lut les mots, en français, de cette tante restée en Algérie. Qu'elle était fière de lui, que dans son unité de soins palliatifs, il faisait le plus beau métier du monde : accompagner les hommes et les femmes aux confins de la vie. Elle connaissait sa douceur et sa force, et ne doutait pas un instant que dans leurs adieux difficiles à l'existence terrestre, les malades trouveraient en lui un fabuleux et rassurant passeur…

Murat rangea méticuleusement les documents à leur place.

Askri bossait donc à Paoli-Calmettes. Parmi les malades qu'il suivait jusqu'à la fin, sans doute avait-il rencontré Michaud. Et si Michaud lui avait tout raconté, sans doute que cette confession avait enclenché un mécanisme aussi brusque qu'étrange chez cet infirmier, cet Algérien de Kabylie.

Askri cligna plusieurs fois des yeux. La douleur de ses muscles tendus, le froid partout sur sa peau, lui firent prendre l'exacte mesure de sa situation. Il découvrit les voûtes humides du plafond, en un regard il fit le tour de la pièce et, dans la pénombre d'un angle de la cave, il distingua la silhouette de Murat, assis sur une malle de fer.

La pointe de ses pieds reposait sur le sol de terre argileuse. Le froid, à la manière d'un linge humide, s'était installé partout sur son corps et, autour de sa bouche et de son nez, la chair tuméfiée semblait engourdie.

Philippe Murat l'avait amené jusqu'à ce trou, à l'abri des regards et des oreilles indiscrètes. Le général restait silencieux. Sans doute savait-il faire parler les hommes.

Askri songea aux siens, à ceux qu'on avait exécutés dans les montagnes en ce fameux matin de printemps, et aujourd'hui, c'était d'eux qu'il devait être digne. La mort n'était pas un problème. La souffrance non plus. Non, ce qu'il fallait, c'était ne pas baisser les yeux, ne pas crever comme un chacal…

Il chercha le regard de Murat et, quand il l'eut trouvé, ne le quitta plus.

— Bon, tu la commences ta séance, général Murat ? Mais je préfère te prévenir tout de suite, tu vas être déçu. Je n'ai rien à te dire, tu m'entends ? Rien !

Murat se leva et s'approcha de lui. Ce fumier d'Algérien n'avait pas hésité à égorger Hocine et Bergereau, à supprimer le vieux Ferrero, à écraser Hadj comme un clébard, ni même à torturer la sœur du petit Berthier. Et il osait lui dire qu'il n'avait rien à raconter, ce fils de pute !

La gifle claqua sur la bouche, fit exploser les lèvres comme une figue et résonna sèchement entre les voûtes.

— T'es qu'un lâche, Askri. Tuer des vieux et mutiler une femme, c'est tout ce que tu sais faire. Des enculés de ta race, je peux te dire qu'on s'en est fait un paquet, dans ton pays de merde. Et encore, on n'a pas pu terminer le boulot… Mais aujourd'hui, c'est ton tour. Et je te jure que tu vas me raconter ta vie !

Sur la table, il saisit les câbles et les électrodes. Par pincement, il lui fixa les embouts de fer aux tétons, à la verge et aux testicules. En une fraction de seconde, Askri replia ses genoux et détendit ses jambes brusquement, frappant des pieds Murat à la poitrine, l'envoyant valdinguer sur le sol.

Le général se releva, tapota ses vêtements pour faire s'envoler la poussière et s'empara du poignard commando.

— Et en plus, tu cherches les emmerdes.

Il fit le tour du corps suspendu, saisit les jambes par l'arrière et, derrière chaque genou, trancha les tendons d'un coup sec.

Les hurlements d'Askri s'écrasèrent sur les murs de briques. Murat approcha son visage de celui du Kabyle jusqu'à sentir son souffle.

— Tu ne sortiras pas vivant d'ici, Askri. Personne ne sait que tu es là. Personne ne peut t'entendre. Tu peux toujours gueuler, il n'y a que toi et moi. La seule sortie, pour toi, c'est de mourir fissa. C'est toi qui décides. Ou tu joues les martyrs, et je te fais crever à petit feu. J'ai tout mon temps. Ou bien tu réponds à mes questions, et je t'expédie vite fait dans ton putain de paradis. Tu vois, t'as beau être pendu comme un morceau de barbaque, c'est quand même toi qui as la main. Alors, joue pas au con. La guerre est finie depuis longtemps. Il n'y a personne à sauver, ici, aucune bataille à mener. Pense à toi, Askri. C'est tout ce qui te reste à faire. Penser à toi.

L'autre le fixa du regard fiévreux de ceux qui n'ont plus rien à perdre. D'entre ses lèvres enflées, s'esquissa un vague sourire et les mots sortirent dans un murmure.

— Crève, la France. Crève !

Murat déroula les câbles et les connecta à la gégène

qu'il cala du mieux qu'il put sur la table. Puis il déversa une bouteille d'eau sur le crâne de l'Algérien.

— Tu vas voir, ça va te réveiller !

Quarante ans qu'il n'avait pas entendu ce « Crève, la France ». Cette insulte au drapeau, ce cri lancé comme un défi par les gamins algériens sur le bord des pistes, au passage des convois militaires.

Il revit ses hommes, leurs regards fixes et leurs gestes précis quand ils actionnaient la gégène au milieu des hurlements des prisonniers. Et les cris montaient dans la nuit, un peu à l'écart de la troupe. Les coups de poing étouffés par l'épaisseur des murs, les tuyaux remplis d'eaux enfoncés dans la gorge ou le cul des hommes et des femmes qui crevaient d'effroi. Toutes ces saloperies jusqu'à l'aveu, jusqu'aux noms des complices, réels ou imaginaires, livrés pêle-mêle à la lueur de l'aube.

Tôt le matin, il quittait son bureau ou sa chambre, et rejoignait ses hommes dans la pièce aménagée. Ça puait la sueur, le vomi et la pisse et, dans le regard épuisé des gars, la colère, la folie et, certains jours, les traces de la lassitude.

Tous les autres étaient morts. Impossible aujourd'hui de ne pas tremper les mains dans la merde. Le désir de connaître la vérité était devenu l'urgence. La gorge de ses soldats avait été tranchée alors qu'ils finissaient leur vie comme ils pouvaient. Il lui fallait maintenant leur rendre les honneurs. Quel qu'en fût le prix.

— Je n'ai qu'une question à te poser, Askri. Tu vois, ça va être simple.

Il s'approcha de lui jusqu'à fixer son regard.

— Pourquoi cette tuerie si longtemps après la

guerre ? C'est tout ce que je veux savoir. Tu racontes et puis on en finit.

Askri ne baissa pas les yeux et sembla même lui sourire.

— Je peux savoir ce qui t'amuse ?

— C'est toi qui m'amuses, général. Franchement, je ne te sens pas très à l'aise. Normal, il n'y a plus personne pour faire le sale boulot à ta place. C'est comme un baptême pour toi… T'es un soldat, Murat. À part quelques exécutions sommaires, tu as toujours tué en combattant. Ce soir, c'est différent. Tu ne peux plus t'abriter derrière tes gars. C'est toi qui deviens le tortionnaire. Tu verras, le plus surprenant, c'est quand on s'aperçoit qu'il y a un étranger en nous. Alors, vas-y. Fais-la tourner, ta bécane. On verra bien lequel de nous deux a le plus de couilles…

Et puis il ferma les yeux, serra les lèvres et se mit à respirer du nez, lentement, comme un homme qui sait ce qui le guette et qui a décidé d'attendre.

19

La commissaire préféra attendre Germain Dimasco dans son terrier.

Tandis que Touraine et Mathias disposaient une chaise de chaque côté du bureau, elle ouvrit la fenêtre en grand et alluma une cigarette.

L'air humide de la nuit envahit la pièce, charriant avec lui l'haleine chaude de l'asphalte après l'orage. Le chuintement des pneus sur le goudron mouillé monta jusqu'à eux et, sans prononcer une parole, chacun suivit jusqu'à ne plus l'entendre le hurlement, au loin, d'une moto sur la rocade qui serpente vers les collines sèches de l'Estaque.

Quand Germain Dimasco fit son entrée, Aïcha Sadia s'avança jusqu'à lui et sacrifia aux rites des condoléances et des présentations.

L'homme était presque maigre. De cette minceur noueuse et sèche de ceux qui marchent des jours entiers et ne s'arrêtent qu'après le dernier mètre.

Son blazer bleu marine était froissé par les longues heures de route. Dimasco restait debout, visiblement perdu. Et puis les mots jaillirent, portés par une voix douce et posée, rendue tremblante par la fatigue et l'impatience de savoir.

— Qu'est-ce qui s'est passé ? Il faut que je sache, madame. Et que je la voie, aussi. Je suis complètement sonné, moi, depuis que vos services m'ont appelé…

Elle lui fit signe de s'asseoir, lui dit qu'elle comprenait et lui demanda s'il voulait manger quelque chose.

— Non, merci. Je n'ai pas faim. Un café, peut-être.

Elle appuya sur l'interphone et demanda qu'on lui monte un double expresso.

— Vous étiez à Lille, c'est ça ?

— Oui, en réunion depuis mercredi. Je pensais reprendre la route demain matin et rentrer à la maison dans la soirée. Et puis hier, en début d'après-midi, quelqu'un de chez vous a laissé un message sur mon portable. Je savais que Viviane était à Marseille. J'ai tout de suite pensé à un accident. Quand j'ai eu un de vos hommes, il m'a dit que c'était beaucoup plus grave et qu'il fallait que je descende tout de suite sur Marseille. J'ai insisté, et il a fini par me dire qu'on avait retrouvé Viviane assassinée dans sa chambre d'hôtel. J'ai pris la route et j'arrive. Voilà. Je n'ai pas pu faire plus vite. Mille bornes, ça n'est pas rien…

Dimasco trempa ses lèvres dans le gobelet fumant qu'un fonctionnaire de police venait d'apporter.

— Pourquoi est-ce qu'on me l'a tuée ? C'est invraisemblable ! J'ai tellement de mal à imaginer qu'on puisse lui vouloir du mal… Sur la route, j'ai eu le temps de gamberger. Alors, qu'est-ce qui s'est passé ? C'est un vol qui a mal tourné, ou est-ce que ça a à voir avec cette vieille histoire pour laquelle elle était descendue ici ?

— Quelle histoire ? interrompit la commissaire.

— Une vielle histoire qui remonte à la guerre d'Algérie…

Germain Dimasco sortit un paquet de blondes de son veston.

— Je peux ?

Aïcha Sadia lui avança un cendrier.

— Fumez tout ce que vous voulez. Ça n'a jamais fait de mal quand tout fout le camp.

*

Trouver les mots. Livrer à Germain Dimasco le corps de sa femme incliné dans la baignoire, les coups de rasoir et sa gorge tranchée. Lui dévoiler les outrages de la vérité sans le faire souffrir d'avantage. La commissaire jugea qu'il valait mieux passer le relais à Touraine. Qu'il saurait enrober les choses.

Et Sébastien Touraine lui relata son rendez-vous du vendredi matin. L'arrivée dans son bureau de cette femme élégante et infiniment triste.

Elle lui avait raconté la mort de son frère, le retour du cercueil au village, et toutes ces années de manque indicible, de douleur au ventre et de colères ravalées. Jusqu'à ce coup de fil, la semaine dernière, et l'enveloppe qui avait suivi.

Un ancien sergent d'Algérie, à la veille de mourir, avait missionné son épouse pour qu'elle dévoile la vérité sur la mort du jeune soldat Berthier.

Touraine fit une pause, histoire de calmer le rythme des mots, des cœurs. Et c'est la commissaire qui prit le relais.

— Dites-nous, monsieur Dimasco, comment votre épouse a-t-elle réagi à l'appel de cette madame Michaud ?

Dimasco jeta son gobelet vide dans la corbeille puis, calmement, fit reposer son dos sur le dossier de la chaise.

— Ça a d'abord été comme un coup de poing. Un vrai K.O. Une fois que Viviane a su qu'Antoine s'était suicidé, elle est restée quarante-huit heures au lit, comme terrassée. Et puis deux jours plus tard – mardi, je crois – elle a reçu un dossier complet envoyé par cette madame Michaud. Tout y était. Des états de service, des photos de régiment, le journal que Michaud avait tenu pendant son service militaire, et puis les noms et les adresses des soldats qui encadraient Antoine en mars 1960.

Le soir, quand je suis rentré du bureau, elle n'était plus la même. Elle s'était levée, habillée et elle avait fait sa valise. L'abattement des deux jours précédents avait cédé la place à une détermination sans faille. Elle m'a fait lire l'ensemble des documents, puis elle m'a fait part de sa décision. Qu'elle descendrait à Marseille jeudi soir. Une fois sur place, elle confierait à un détective privé que lui avait conseillé notre notaire, le soin de rencontrer tous ces anciens soldats, et de recueillir auprès d'eux la vérité sur la mort d'Antoine.

Qu'est-ce que vous vouliez que je fasse ? Si j'avais

tenté de la retenir, je me serais heurté à un mur, et nous nous serions probablement disputés. Alors, je l'ai encouragée, même si au fond je redoutais que la confrontation avec ces événements de mars 1960 soit bien plus qu'un choc pour elle…

Le lendemain, je devais partir pour le reste de la semaine à Lille. Impossible pour moi de reporter cette réunion et encore moins d'en être absent. En plus, Viviane tenait à se rendre seule à Marseille. Le destin lui avait offert ce rendez-vous ; il n'était pas question pour elle de le manquer.

Cette dernière nuit, on l'a passée l'un contre l'autre sans quasiment trouver le sommeil… Et puis, le matin, j'ai pris l'autoroute. Une fois dans le Nord, je l'ai appelée chaque soir. Et puis hier midi, il y a eu ce coup de fil de vos services. Voilà. Vous savez tout.

En parlant, Dimasco n'avait pas quitté Aïcha Sadia des yeux. Puis il se tut avant de se tourner vers Touraine.

— Alors, c'est vous le détective privé ? Au téléphone, Viviane m'avait parlé de vous. Elle avait confiance.

Il hésita un instant, sembla soupeser la question qui lui brûlait les lèvres, et poursuivit :

— D'après vous, il existe un lien entre cette vieille histoire et la mort de Viviane ?

Sans prévenir, la pluie se déversa dans la rue comme une outre brutalement crevée. La commissaire referma la fenêtre et reprit place dans la conversation.

— Nous sommes obligés de faire le lien, monsieur Dimasco. Dans cette vieille histoire, comme vous dites, votre épouse est la quatrième victime depuis mercredi.

— Comment ça ?

— Trois des sous-officiers qui crapahutaient avec Antoine Berthier en mars 1960 ont été assassinés cette semaine. C'est votre femme qui clôture la liste, pour l'instant. Les trois militaires ont été tués chez eux ; quant à votre épouse, on l'a retrouvée dans sa chambre d'hôtel. D'après les premières constatations, il semble que le meurtrier ait tenté de la faire parler.

À l'écoute d'Aïcha Sadia, Dimasco sembla s'affaisser plus encore sur sa chaise.

— La faire parler ? Qu'est-ce que vous voulez dire ?

— Il m'est difficile d'aborder cet aspect des choses avec vous, mais je me dois de vous répondre. Ce qui me fait penser que le tueur l'a interrogée avant de l'exécuter, ce sont les traces de violence découvertes sur son corps.

Dimasco se leva d'un coup.

— Mais c'est insensé ! Que voulez-vous que Viviane sache ? Elle était à Marseille pour savoir, justement !

Il reprit place sur la chaise et masqua son visage entre ses mains ouvertes.

Germain Dimasco était visiblement à bout, et la main d'Aïcha posée sur son épaule, ce simple geste de réconfort, fit d'un coup céder la retenue.

Touraine et Mathias détournèrent le regard. Un homme qui pleure reste pour les hommes un spectacle qui bouleverse. Et dans le ventre de ceux qui regardent un homme pleurer, des chagrins de petits garçons reviennent à la mémoire.

Dimasco posa son regard rougi dans celui de la commissaire.

— Faut vous dire, madame, que Viviane était toute ma vie. On s'était connus à l'école communale. On devait avoir dans les cinq ou six ans. Nos parents étaient voisins, à Trets, au pied de la Sainte-Victoire. À l'époque, il y avait l'école des filles et celle des garçons. Aussi, on se retrouvait après la classe. Et c'est comme ça qu'on a passé l'enfance, tous les trois : Viviane, Antoine, son jumeau, et moi. On n'avait pas grand-chose, mais on partageait tout : les parties de pêche, les cabanes, les bêtises aussi et même les paires de taloche…

Pour vous dire à quel point on était bien, la guerre, la grande, celle de 40, on ne l'a même pas vue passer. J'ai presque honte de dire que, pour nous, ça a été une époque bénie. Les parents étaient pris dans la tourmente et se débattaient avec leurs soucis de grandes personnes. Aussi, ils nous fichaient la paix. C'est plus tard, devant les journaux ouverts, les photos des hommes revenant d'Allemagne, qu'on a compris que le monde et nous, on n'avait pas vécu les mêmes années.

À onze ans, on nous a envoyés au collège, à Aix-en-Provence. C'est là qu'Antoine a commencé à déconner. Je veux dire par là, à être différent. Viviane et moi étions ce qu'on appelle de bons élèves. On s'intéressait à tout : aux sciences, à l'histoire, au français. Tout nous passionnait, surtout les livres. Alors qu'Antoine, lui, il avait décroché. Il était ailleurs. C'était comme si son cerveau faisait l'école buissonnière. Il ne foutait pas le bordel en classe, non. Il était tout simplement absent.

Je me souviens de ses parents l'amenant voir des docteurs, une fois même un psychiatre, à Marseille. Mais même pour les médecins, je crois bien qu'Antoine est resté une énigme. Ils ont dit qu'il serait différent. Pas simplet, non. Mais pas comme nous autres.

C'est à cette période qu'Antoine a fait ses premières fugues. Il quittait le collège en douce et partait seul dans la montagne. Plusieurs jours, parfois.

C'est à cette époque que Viviane et moi sommes vraiment tombés amoureux l'un de l'autre. On s'aimait depuis qu'on était gosses, mais là, ça prenait une autre tournure. On s'embrassait en cachette, on passait nos dimanches à sillonner la montagne, main dans la main, à se raconter notre avenir…

Dimasco leur raconta ce soir de la Saint-Jean où ils s'étaient fiancés, en douce, avec Antoine pour unique témoin. Ils s'étaient juré qu'ils se marieraient pour leurs vingt ans, qu'ils protégeraient Antoine jusqu'à la fin de leurs vies. Et ça a duré comme ça plusieurs années. Comme un été sans fin.

— …Quand on a eu vingt ans, Antoine est parti pour l'Algérie, et on a reculé la date du mariage pour après son retour. Et puis, il nous est revenu dans son cercueil, et c'est Viviane qui est devenue comme invalide de guerre…

Un an plus tard, on s'est mariés, parce qu'on s'aimait et que l'un sans l'autre, rien n'avait beaucoup de sens. Ce jour-là, Viviane portait la robe blanche de sa mère. Les hommes avaient sorti l'accordéon, les guitares et les tambourins. Tout le monde dansait et chantait de vieilles chansons du pays, mais tous, au fond, on avait encore le cœur en noir.

Viviane est devenue institutrice, et moi ingénieur-chimiste dans l'industrie pétrolière. Petit à petit, on a construit notre vie, difficilement.

Et puis, pour finir, il y a quelques années, on m'a proposé un poste de direction, à Lyon. Viviane venait de prendre sa retraite, alors on est partis. On a laissé le village, la Sainte-Victoire, notre berceau, quoi ! Et le plus surprenant, c'est que ça nous a fait un bien fou… Pour la première fois, Viviane mettait trois cents kilomètres entre elle et le cimetière du village, et c'était comme si nous étions à l'autre bout du monde. Vous savez, une tombe à fleurir, ça devient parfois une vie à enterrer.

Dimasco se tut et demanda un autre café.

— Voilà comment s'est construite notre existence. Jusqu'à la semaine dernière où la mort d'Antoine nous est revenue en pleine gueule.

Dimasco semblait épuisé et fit une nouvelle pause en finissant son café. Puis il reprit :

— Il faut me dire, madame la commissaire, comment je peux être utile à votre enquête.

Aïcha Sadia décida d'orienter l'entretien dans une autre direction.

— Vous avez des enfants ?

— Non. Viviane n'en a jamais voulu. Je crois que la mort d'Antoine avait tué tout désir de maternité.

Germain Dimasco se redressa sur sa chaise. Tour à tour, il regarda brièvement ses interlocuteurs et, quand il prononça les mots qui suivirent, quelque chose dans son regard avait changé.

— Ça va peut-être vous paraître étrange, mais ce qui l'a sauvée, je crois que c'est l'exaltation du corps…

D'après lui, Viviane trouvait dans ses bras bien plus qu'un réconfort. Dans ses étreintes, il y avait quelque chose de totalement désespéré. Comme si, de toutes les thérapies, c'était leurs mains, leurs bouches, leurs peaux qui lui avaient indiqué les chemins de l'apaisement. Même après quarante ans de mariage, leur intimité n'avait rien perdu de sa force. En fait, l'amour physique, le fait d'aimer jusqu'à parfois en perdre connaissance, avait sans doute été sa manière de survivre.

—…Le plaisir s'ajoutait à la vie, mais je crois bien que la jouissance l'arrachait à la mort.

Touraine croisa le regard de la commissaire et, dans le mouvement de ses paupières, il comprit que, comme lui, elle ne pouvait imaginer Viviane Dimasco faisant l'amour. L'image de son corps tailladé, de sa gorge tranchée, demeurait l'ineffaçable référence.

— Je ne sais pas pourquoi je vous raconte tout ça, reprit Dimasco.

Il alluma une cigarette et poursuivit :

— Est-ce que je peux la voir, maintenant ?

Théo Mathias fit un signe discret à sa supérieure. Inconcevable pour lui que Dimasco découvre le corps de sa femme dans l'état où la police l'avait trouvé.

— Je comprends votre demande, répondit la commissaire. Mais il nous faut d'abord pratiquer son autopsie. C'est justement le docteur Mathias qui va s'en charger. Demain, en fin de matinée, vous pourrez récupérer votre épouse à l'institut médico-légal. C'est bon comme ça, Mathias ?

— Oui, je vais joindre mon assistant afin qu'on s'y mette tout de suite.

Tout le monde se leva et Mathias sortit le premier, suivi de Dimasco. Dans le bureau de la commissaire régnait un silence étrange, presque reposant. Comme une suite muette à la longue confession de Germain Dimasco.

Alors Touraine regarda sa montre.

— Il est plus de trois heures du matin. Je peux peut-être rentrer chez moi ?

Aïcha ouvrit la porte devant lui.

— Vous pouvez y aller. Mais je vous attends pour 8 heures. Moi, je vais dormir ici.

— Dans votre bureau ?

— Ça va sans doute vous étonner, mais depuis quelque temps, c'est ici que je passe mes meilleures nuits.

Touraine sourit et ajouta avant de fermer derrière lui :

— Alors, bonne nuit, Aïcha. Je serai là pour 7 h 30… avec des croissants.

Il descendit les escaliers et retrouva les trottoirs mouillés de la ville. Il récupéra ses clés à l'accueil et rejoignit sa voiture que les flics avaient garée face au commissariat.

Il démarra et fila en douceur vers le Vieux-Port. Il pensa à l'enveloppe envoyée par madame Michaud, au destin tragique des Dimasco. Puis il songea à cette flic peu ordinaire, à son visage posé sur un coussin du canapé, à ses mèches brunes, à ses yeux clairs qui cherchaient le sommeil sous le mascara. C'est là, au feu rouge du quartier des Réformés, qu'entre les couches accumulées de sa fatigue, il sentit poindre, pour la première fois depuis longtemps, cette rassurante sensation que procure la tendresse.

20

Dimanche, 9 h 30

La 406 bleu marine d'Aïcha Sadia attaqua le dernier virage de la montée au col de la Gineste. Le mistral avait relégué les nuages de la nuit au rang de souvenir et, semblable à une vue aérienne, Marseille s'étalait de la Pointe Rouge jusqu'à l'Estaque. Une ville d'ocre et de bleu, une palette en relief, zébrée de ruelles sombres comme des veines, d'artères larges comme des cicatrices ouvertes.

À 8 heures pétantes, Touraine avait débarqué avec ses croissants tièdes. Dans le silence du bureau, ils avaient bu leur café, chacun laissant l'autre émerger peu à peu de sa nuit, dans cette presque intimité du petit-déjeuner partagé.

Le général Murat demeurait injoignable et, ce dimanche, elle l'avait décidé, devait faire avancer l'enquête de manière décisive. À 8 h 30, comme un réveil brutal, le débriefing avait ramené toute l'équipe à la réalité, et les consignes étaient tombées.

Au lieutenant Camorra de filer à l'institut Paoli-Calmettes, d'y interroger le personnel et de répertorier les dernières visites rendues à Michaud.

À l'inspecteur Blanchard de joindre le ministère de la Défense. Dans les archives, l'organigramme du 7e régiment de chasseurs en Algérie devait bien se trouver quelque part, et dans toute cette paperasse, le nom du lieutenant manquant.

À Perridon de tenir la permanence. Le dimanche, entre les vols de voitures et les castagnes de la nuit, ce n'était pas le boulot qui allait lui manquer.

Tôt le matin, Aïcha avait pu joindre Théo Mathias. Pris de soudaines douleurs au ventre et de vomissements, il n'avait pu terminer l'autopsie de Viviane Dimasco, et c'est Bernardini, son assistant, qui avait achevé le travail.

Un peu avant l'arrivée de Touraine, Aïcha avait téléphoné à son oncle. À l'évocation du mois de mars 1960 et de la compagnie du capitaine Murat, sans hésiter, Ramdane Belkacem lui avait fixé rendez-vous chez lui pour 10 heures.

*

Depuis qu'il avait bouclé sa ceinture, le détective n'avait pas dit un mot. Il s'était laissé conduire en silence à travers la ville, bercé par les lacets qui mènent au col de la Gineste, et dans l'habitacle rassurant, il s'était laissé envahir par les fragrances mentholées de la conductrice.

Parvenus à La Ciotat, ils avaient évité le centre-ville et pris la direction des anciens chantiers navals.

Au détour d'un virage, comme la promesse d'une calanque proche, une petite plage bordée de rochers. Les pneus crissèrent sur les graviers du parking et la voiture s'immobilisa face au n° 9 de la rue.

— Sympa de faire la route avec vous, Touraine. J'ai cru que j'allais m'endormir !

Pas le temps de lui répondre, elle était déjà sortie.

*

Aïcha s'identifia à l'interphone, et les deux battants de la grille en fer forgé s'ouvrirent devant eux.

Ramdane Belkacem les fit entrer rapidement, non sans avoir jeté un bref coup d'œil de part et d'autre de la rue. Dans un échange de bises silencieuses, il posa ses joues sur celles d'Aïcha, la serra un instant dans ses bras, puis se tourna vers Touraine.

— Tu n'es pas seule, je vois.

— Non, mais il n'y a pas de souci. Je te présente Sébastien Touraine. Il est détective privé et, sans lui, je ne pourrai pas venir à bout de l'affaire qui m'amène. Il a toute ma confiance, mon oncle.

— Puisque tu le dis.

À la vue de ce petit bonhomme mince et presque chauve, au nez chaussé d'épaisses montures en écaille, difficile pour Touraine d'imaginer un des héros de la guerre d'Algérie. Mais en le suivant jusqu'au salon, la démarche légère du petit homme, son pas alerte et sûr malgré l'âge, lui rappelèrent ces marcheurs de montagne, ces hommes au pas régulier qui, sous des sacs plus lourds qu'eux, franchissent sans broncher les cols et les frontières interdites.

Dans le salon, d'épais tapis sous une table basse, de larges fauteuils recouverts d'étoffes aux couleurs sable. Sur les murs, des broderies colorées d'oasis et des photos noir et blanc des montagnes kabyles.

De la cuisine, une odeur de menthe et le bruit feutré d'une femme en babouches.

— Mon épouse va nous servir du thé.

Une femme âgée, masquant sa corpulence sous une épaisse djellaba, sembla glisser dans la pièce. Elle embrassa Aïcha sur les joues, sans effusion, et se tourna vers Touraine, figeant son sourire dans un bonjour muet. Puis elle versa le thé en cascade dans chaque petit verre, avant de disparaître comme elle était venue, dans ce silence respectueux des femmes du Maghreb quand elles quittent la pièce où l'on parle.

Ramdane se tourna alors vers sa nièce.

— Alors, Aïcha, si tu me disais ce qui t'amène exactement…

*

Et elle lui dit tout. Ce qu'elle avait vu, entendu, pensé. Que dès la première heure, elle avait senti la peur s'installer dans son ventre, qu'elle s'était tout d'abord trompée et que Touraine l'avait remise sur les rails. Elle revint sur chaque meurtre, évoqua Michaud et son tardif repentir, Antoine Berthier qui n'avait sans doute plus supporté d'être soldat, sans oublier le corps supplicié de Viviane Dimasco.

Et puis, elle s'était tue. Un long moment sans paroles où seules les respirations rythmaient le nécessaire interlude.

Comme pour indiquer qu'il allait parler à son tour, Ramdane Belkacem se frotta le visage des mains.

— Ce que j'ai à raconter, c'est une sale histoire. Une histoire qui fait mal. Mais si tu veux faire éclater la vérité, tu dois l'entendre, Aïcha. En mars 1960, j'étais à la tête d'un groupe important de combattants en Kabylie. Les Français quadrillaient le secteur et les accrochages étaient fréquents. Il faut savoir que la guérilla en zone montagneuse, c'est un vaste jeu de cache-cache. Chaque camp y va de son embuscade, se replie sur ses bases, et le lendemain, ça recommence.

Là-bas, l'unité qui nous faisait la chasse, c'était le 7e chasseur. Dans la région de Ouadhia, on avait affaire à leur 3e compagnie, sous le commandement d'un jeune officier, le capitaine Murat. Par des gars infiltrés chez eux, des faux harkis, en somme, nous savions que Murat était un type correct. Pas un tueur de civils ou un bouffeur d'Arabes, comme dans d'autres régiments. Il faisait son boulot de soldat, c'est tout. Nous, on se battait contre lui, mais l'homme, on le respectait.

Et puis, le 14 mars 1960 exactement, je n'oublierai jamais cette date, on ne sait pas ce qui s'est passé dans la tête du capitaine. Un coup de folie, on ne sait pas, mais ça a été terrible.

Ça faisait trois jours que Murat crapahutait dans le djebel avec une quinzaine d'hommes. Lc 13 au soir, ils ont décidé de bivouaquer à Ouadhia, une mechta de quatre ou cinq maisons perdue dans la caillasse. Ils n'étaient pas très nombreux, et si on avait voulu, on les aurait anéantis jusqu'au dernier. Mais les ordres d'en haut, c'était d'éviter tout accrochage. Ça aurait attiré les hélicoptères dans le coin et ça aurait perturbé nos liaisons avec la Tunisie, toute proche. Donc, ce soir-là, j'avais simplement posté deux de mes hommes sur une crête, plus haut. Juste pour surveiller la section de Murat.

La nuit s'est déroulée dans le calme. C'est au petit jour que ça a commencé.

Plus tard, les guetteurs m'ont raconté avoir vu un groupe de quatre soldats grimper plein nord, à flanc de montagne, accompagnés de deux civils : un vieillard et un enfant. À un moment, ils ont disparu derrière un bloc de rochers. De loin, mes hommes ont entendu un des soldats gueuler, et puis plus rien. Quelques minutes plus tard, les militaires sont redescendus à la mechta sans les civils.

La section a préparé son barda et ils ont levé le camp une heure après. Et là, pour une raison inconnue, le capitaine est revenu sur ses pas avec six de ses hommes.

Un garçon du village s'est jeté sur un des militaires avec un couteau. Les soldats l'ont jeté au sol et l'ont traîné par les cheveux jusque chez lui. Et c'est devenu l'enfer. Mes gars m'ont dit que Murat n'avait pas gueulé d'ordre. Les soldats se sont engouffrés par groupes de deux dans chaque maison, et les femmes, à l'intérieur, se sont mises à hurler et les enfants aussi. Quelques minutes après, c'était le silence total. Alors, les soldats sont sortis, ils se sont regroupés et ils ont foutu le camp.

Ramdane parlait d'une voix douce dont le ton monocorde ne laissait transparaître aucune émotion.

— Mes hommes m'ont contacté par radio. Ils étaient comme fous. Nous, on était à une demi-heure de marche. Je me rappelle qu'on n'a pas traîné.

Le vieux guerrier se racla la gorge, façon de gérer son trouble.

— Tu vois, les années ont passé, Aïcha, mais c'est comme si c'était hier. Dans chaque maison, le même bazar. À première vue, tout était en ordre. Pas de meubles renversés, ni de vaisselle brisée. Juste les corps, la gorge tranchée, qui trempaient dans leur sang. Quatorze cadavres, en tout. Des femmes, des vieux, des enfants et même deux bébés jetés par terre, à moitié décapités.

Un peu plus haut, cachés par les rochers, un grand-père et sa petite-fille. Tués à l'arme blanche, eux aussi.

Le vieil officier se tut. Les larmes d'Aïcha coulaient sans bruit. Ramdane resservit du thé et reprit son récit :

— Nous aussi, on a pleuré, ce jour-là. Et c'est pas les morts qu'on pleurait, on en avait déjà vu tant… Non, c'est l'inutilité de ce massacre qui faisait mal.

J'en ai vu des atrocités. Des jeunes ou des vieux de chez nous torturés toute la nuit dans les casernes et abattus à l'aube comme des chiens. Des femmes violées dans les villages sous les yeux des maris et des enfants. Faut jamais oublier que dans les prisons d'Alger, les gars du FLN, ils en ont guillotiné plus de deux cents. Il y a même des types qui tiraient les condamnés par les oreilles pour qu'à travers la lunette, la photo soit belle. Pour notre malheur à tous, c'était ça aussi, les Français. Et de notre côté, c'était pas mieux. Combien de jeunes soldats on a laissé sur les pistes, des gamins qui n'avaient rien demandé à personne, battus à mort, les couilles enfoncées dans la bouche ? Combien de jeunes gens on a laissés derrière nous, aux terrasses des cafés, les jambes ou les bras arrachés par la bombe... C'est ça, la guerre, Aïcha. Une escalade de haine et de violence. Une saloperie sans fin.

Et quarante ans après, nos deux pays en sont toujours à se méfier l'un de l'autre. Et tu sais pourquoi ? Parce que de chaque côté de la Méditerranée, les hommes ont la mémoire qui saigne encore. Voilà pourquoi. C'est pas la peine d'aller chercher plus loin.

Ramdane Belkacem s'interrompit un instant. Puis, pour la première fois depuis qu'il s'était assis face à eux, il les regarda dans les yeux.

— Comment veux-tu pardonner aux gars du capitaine Murat ? Aucune excuse, aucune ! Ce jour-là, ses hommes n'étaient pas vraiment sous pression. Pendant leurs trois jours de patrouille, ils n'avaient perdu aucun de leurs camarades. Le capitaine et ses hommes ne sont revenus au village que pour égorger les habitants... Je ne comprendrai jamais comment cet homme, qui s'était toujours comporté proprement, a pu transformer sa section en groupe d'assassins.

Peut-être que ton enquête apportera une réponse. Je le souhaite. En tout cas, le plus incroyable, c'est que ce jour-là, Allah nous a offert un survivant.

— Vous avez pu sauver un des villageois ?

— Non, Aïcha. On n'y est pour rien. C'est juste le Ciel qui a protégé ce petit garçon. On l'a retrouvé dans une des maisons, caché derrière un fagot. Quand les soldats ont égorgé sa mère, il n'a pas crié, et ça l'a sauvé.

— Et tu sais ce qu'il est devenu, ce gosse ?

— On s'en est occupé, pardi ! Un petit miraculé du Ciel, on n'allait pas le laisser tomber… Son père avait été tué du côté de Tizi-Ouzou, alors on l'a gardé avec nous jusqu'à l'Indépendance. Un peu comme un porte-bonheur. Après la guerre, une tante s'est présentée aux autorités, à Alger, et elle a adopté le gamin. Après, je l'ai perdu de vue. Ensuite, j'ai fait la carrière que tu sais, en suivant tout ça de loin. Ce qui est sûr, c'est qu'il a fait des études d'infirmier, et qu'il y a quelques années, quand le terrorisme a commencé à frapper chez nous, il a quitté l'Algérie pour la France. Aux dernières nouvelles, il travaillerait dans un grand hôpital, à Marseille.

Aïcha but la dernière gorgée de thé et reposa son verre sur la table.

— Il s'appelait comment, ce gosse ?

— Askri. Mohamed Askri. En tout cas, si tu rencontres Murat, dis-lui que nous, on doit savoir. Le sang, là-bas, sur les rochers, il partira jamais. Crois-en ton oncle. La vérité, ma fille, c'est plus fort que le vent et le soleil. Ça nettoie la tache et ça fait disparaître les mauvaises ombres…

21

Sur la route du retour, Aïcha Sadia choisit de conduire en douceur. Prolonger le trajet, la réflexion. Digérer les mots de son oncle, les images induites, insoutenables.

Aïcha roulait donc en silence.

Touraine se tourna vers elle, observa son visage frappé de soleil, ses cheveux sagement maintenus sur la nuque par une barrette en forme d'insecte bizarre, ses lunettes noires posées sur le nez et l'ourlet de ses lèvres à peine maquillées.

Un visage comme une peinture tourmentée aux couleurs flamboyantes.

— Vous ne dites rien.

— Je réfléchis.

— Faites-le à voix haute, on pourra partager.

— Partager quoi ? L'Algérie, c'est ma terre. Je n'y

suis peut-être pas née, mais c'est pire encore. Les gorges qu'on tranche, les fillettes qu'on viole, les vieux qu'on abat comme des merdes, tout ça réveille en moi une putain de douleur ! Comme si la souffrance et l'humiliation franchissaient les générations. Alors, qu'est-ce que vous voulez qu'on partage tous les deux, hein ? Dites-moi, pour voir.

Le récit de Ramdane Belkacem, par une transfusion des mots, lui avait transmis cette guerre qui, au fond, était depuis longtemps la sienne.

— Ce que nous allons partager, Aïcha, c'est la réparation.

— Qu'est-ce que c'est que cette connerie ?

— Ce n'est pas une connerie. Des millions de gens ont souffert, pendant cette guerre… Et sans doute que beaucoup souffrent encore. Parmi eux, Mohamed Askri, un petit garçon, témoin du massacre de sa famille. Dans l'autre camp, un jeune soldat, un gamin fragile d'à peine vingt ans, s'est suicidé pour se punir des crimes commis par sa section. Des souffrances comme celle-là, il y en a eu des milliers. Et nous, quarante ans plus tard, on se retrouve au beau milieu. Comme si le petit Askri et le jeune Berthier s'étaient donné rendez-vous au croisement de nos deux vies. Voilà ce que nous avons à partager, Aïcha : la vérité, pour tenter de réparer et d'atténuer la douleur de ces hommes. La vôtre, aussi.

*

La commissaire fit entrer l'équipe dans son bureau, à l'exception de Théo Mathias, toujours cloué au pieu.

Chacun avait fait son boulot.

Dans l'unité de soins palliatifs où Michaud avait terminé sa trajectoire, Camorra avait découvert qu'un des infirmiers du staff, un certain Mohamed Askri, était en arrêt maladie depuis près de huit jours.

Auprès du ministère de la Défense, l'inspecteur Blanchard avait obtenu les renseignements demandés. En mars 1960, le capitaine Murat était secondé par un autre officier, le lieutenant René Bergereau. Au vu de ses états de service, Bergereau avait été un égorgeur de Viêts et de fellagas décoré jusqu'au trognon. Ce dernier, aujourd'hui à la retraite, il vivait à Martigues, à moins de vingt bornes de chez son supérieur.

L'adrénaline était montée d'un cran. Et les consignes tombèrent sans attendre.

— Il est midi et quart. Si Askri a décidé, comme on peut le supposer, de supprimer tous ceux qui ont massacré les siens, va falloir se bouger les fesses pour sauver les deux derniers.

Camorra, vous foncez chez Bergereau et vous me l'amenez, même par la peau du cul. Blanchard et Perridon, vous filez dare-dare au domicile d'Askri, il crèche boulevard de la Blancarde, dans le quatrième, et vous me retournez son appart' de fond en comble. Touraine et moi, on fonce chez Murat. Ce con ne répond toujours pas au téléphone…

Elle jeta un coup d'œil à sa montre et conclut :

— Dès que vous avez terminé, vous me retrouvez à Carry, chez Murat. On fera le point là-bas, et on avisera. Allez, go !

22

Sur le tronçon d'autoroute reliant Marseille à Carry-le-Rouet, la 406 n'avait pas quitté la file de gauche. Aïcha Sadia, concentrée, les deux mains solidement posées sur le volant, laissait les rares véhicules s'écarter devant elle, alertés par le gyrophare et la sirène hurlante.

Une fois Marseille derrière eux, là où la rocade grimpe en ligne droite au travers des collines, la commissaire avait laissé sa colère contre les hommes et les guerres qu'ils enfantent se déverser dans l'habitacle. À voix haute, elle s'était figuré la jeunesse de Mohamed Askri, la tante algéroise qui l'avait élevé comme une mère. Des bras dodus et confortables comme des couettes, les pâtisseries sucrées, les thés à la menthe et toutes les attentions dont cette femme avait entouré le petit garçon. Une éducation reçue comme un voile doré, un rempart de douceurs entièrement voué à l'enfouissement des ombres kaki.

Elle l'imagina sans peine embarquer à Alger pour la France, trente ans après Antoine Berthier. Et quand Touraine prononça le mot *hasard*, elle conçut ce qu'Askri avait pu ressentir face à la confession inattendue de Michaud. Pour elle, cet infirmier de Kabylie avait sans doute cru à un signe du ciel. Elle supposa que les mots du vieux soldat français, semblables à une divine révélation, avaient déclenché la croisade mortelle.

À l'entrée de Carry, elle coupa gyrophare et sirène, ralentit l'allure et se tut, attentive aux indications de Touraine qui avait déplié un plan sur ses genoux.

Ils laissèrent le port de plaisance sur leur droite et suivirent les panneaux indiquant Le Rouet. Face à la plage, ils empruntèrent une route qui monte sur la gauche, grimpèrent jusqu'au bout de la rue avant de se garer face à la villa de Murat.

*

Le carillon ne provoqua la venue de personne. La grille étant trop imposante pour en envisager l'escalade, Aïcha Sadia sonna chez le voisin, un petit vieux sensible au mot police, car il ouvrit sans attendre.

Non, il n'avait pas vu Murat depuis la veille et puis, avec tous ces orages, il n'avait pas mis le nez dehors. Visiblement excité à l'idée d'aider les forces de l'ordre, il leur indiqua, au fond du jardin, une ancienne porte de communication plus ou moins à l'abandon.

La chaîne maintenant les quelques planches céda sans résister. Précédant Sébastien, la commissaire pénétra dans la propriété de Murat. À travers la pelouse encore gorgée des pluies de la nuit, ils avancèrent rapidement vers la maison quand, au détour d'un massif de lavandes, ils tombèrent sur un petit pavillon.

— Logement de domestiques ? glissa Aïcha à l'oreille de Touraine.

— Possible. Il ne serait pas le seul officier de la Coloniale à avoir ramené un larbin dans ses valises…

Ils firent le tour du bâtiment et découvrirent la porte d'entrée entrouverte, visiblement fracassée.

La commissaire dégagea l'arme de service du holster fixé à sa hanche, un 357 Magnum canon court, et se tourna vers Touraine.

— Je rentre la première. Vous me rejoignez dès que je vous fais signe.

Pas le temps de répondre qu'elle s'était déjà enfoncée à l'intérieur. Puis le silence. Des secondes qui s'étirent comme une absence de respiration.

— C'est bon, Touraine. Quelqu'un a déjà fait le ménage, ici.

Dans l'unique chambre, deux corps. Sur le lit, un homme de type maghrébin, plutôt âgé, gisait sur le dos, la gorge ouverte. Par terre, recroquevillé sur le carrelage, un deuxième cadavre, les mains autour de son cou tranché.

Quand Touraine découvrit la scène, Aïcha Sadia était déjà à pied d'œuvre. Accroupie, elle avait enfilé ses gants latex et fouillait les poches du type au sol. Elle extirpa un portefeuille, en sortit une carte d'identité.

— Le voilà, notre lieutenant. René Bergereau.

Définitivement à la retraite.

— Très drôle. Et l'autre ?

— L'autre, il n'a pas quitté ses babouches, et vu les photos accrochées aux murs, il y a de fortes chances que ce soit le domestique de Murat.

Elle se redressa, sortit de la chambre et ajouta :

— Bon, faut se bouger. C'est pas ces deux-là qui vont nous apprendre quelque chose.

Touraine la découvrait dans l'action. Légère, détendue même, comme si les corps sans vie n'étaient que des pantins factices. Pour masquer son émotion, cette femme s'était glissée dans un nouveau personnage. Une enquêtrice à l'apparence désinvolte, à la plaisanterie facile, ce rôle de composition l'aidait à avancer.

En un clin d'œil, ils firent le tour du propriétaire. Dans la salle à manger, la plupart des chaises étaient renversées et, dans la petite pièce attenante, une arrière-cuisine-débarras, le désordre et le sang répandu indiquaient qu'on s'y était battus.

Aïcha releva une chaise, s'assit et pianota son portable.

— Camorra ? Vous en êtes où ? OK. Vous pouvez dégager de chez Bergereau. On vient de le trouver chez Murat, égorgé comme les autres. Touraine et moi, on commence la fouille de la maison. Rappliquez en vitesse. On vous attend sur place…

*

— On dirait qu'un corps a été traîné jusqu'ici, fit remarquer Touraine en indiquant les traces de sang sur les marches menant au perron.

— Probable, réagit la commissaire. Regardez les marques sur le gravier… Voilà ce qu'on va faire. On va investir la maison et inspecter chaque pièce. Vous, vous restez derrière moi. Askri est peut-être encore à l'intérieur. Hors de question que vous vous fassiez tirer dessus.

— Si j'avais une arme, en cas de pépin, on aurait peut-être l'air moins con, non ?

Elle sembla hésiter.

— Réfléchissez. C'est pas un voyou de quartier, Askri. S'il nous prend en embuscade, on ne sera pas trop de deux à être armés.

Elle approuva d'un bref hochement de menton.

— OK. On entre dans la baraque, on localise l'interrupteur qui ouvre la grille, et vous courez jusqu'à la voiture. Vous trouverez ce qu'il faut dans la boîte à gants.

À peine sa phrase terminée, elle ouvrit la porte d'entrée. L'arme tendue au bout du bras, le dos collé à la tapisserie, elle s'avança dans le hall.

— Police ! Murat, si vous m'entendez, venez vers moi. On va vous mettre en sécurité.

Elle fit signe à Touraine, lui indiqua un commutateur en alu, au pied de l'escalier. Il appuya sur le bouton et entendit le mécanisme de la grille s'enclencher. Le temps de foncer jusqu'à la voiture, de trouver le flingue, un Beretta 9 mm automatique, et de rejoindre le hall, plus d'Aïcha.

Touraine libéra la sécurité de son pistolet.

— Aïcha, où êtes-vous ?

Elle apparut dans l'encadrement de la porte du salon.

— Rien au rez-de-chaussée. Venez, on se fait l'étage.

Elle se dirigea vers l'escalier.

— Si on suivait plutôt les traces de sang, objecta Touraine. Regardez le parquet. Visiblement, on a traîné un corps jusqu'à cette porte.

Elle revint vers lui et s'accroupit sur le sol lambrissé.

— Bien vu.

D'un coup sec, elle ouvrit la porte. À droite, un interrupteur. La lueur blanche d'une ampoule dévoila des marches de pierre.

— Vous avez raison. Il y a aussi des traces de sang dans l'escalier. On y va.

— Une seconde.

D'instinct, il se mit à parler à voix basse.

— Si Askri est en bas, inutile de se faire tirer comme à l'exercice. Aussi, on va descendre ensemble, je veux dire côte à côte, chacun de nous tourné du côté inverse. Ça nous évitera un coup fourré par derrière.

Dans les yeux de la commissaire, l'esquisse d'un sourire.

— Quinze ans aux stups, ça ne s'oublie pas, non ?

— Je n'ai jamais perdu un de mes hommes. C'est ça qui ne s'oublie pas.

Il s'approcha de la première marche.

— Je prends le côté gauche, lui glissa-t-il en se positionnant près d'elle.

Et ils descendirent en silence, flanc contre flanc, armes braquées, chacun s'efforçant d'être sourd aux battements accélérés des cœurs.

Le soulagement de la dernière marche, la tension qui s'apaise et la pièce embrassée du regard. Des bouteilles par centaines, couchées dans leurs casiers. Sur les montants de bois, des écriteaux indiquant les domaines, les millésimées. Aïcha s'approcha des crus, traça de l'index un sillon de poussière sur quelques bouteilles.

— Il ne s'emmerde pas, le général ! Il y en a pour une fortune, là-dedans.

Touraine posa un doigt sur ses lèvres, désigna le sol du regard. Les contours d'une trappe se découpaient dans le gris de la dalle.

Touraine empoigna l'anneau de fer et souleva complètement le panneau. Un coup d'œil prudent à l'obscurité silencieuse. La fraîcheur de cette deuxième cave monta jusqu'à eux, transportant avec elle une odeur infecte.

Une ampoule éclaira le second sous-sol, laissant deviner une cave au sol de terre battue, au plafond bas cerclé d'arcades de briques.

L'étroitesse des marches de bois ne permettant pas de descendre côte à côte, Aïcha s'engagea la première, suivie de près par Sébastien.

À chaque marche descendue, le corps d'un homme suspendu par des menottes se dévoilait un peu plus au regard. Un homme nu, des électrodes accrochées à la poitrine, à la langue, aux organes génitaux. Un corps blafard au sexe tranché, à l'extrémité des orteils et des ongles trempant dans une flaque de sang et de pisse.

Sébastien perçut la respiration d'Aïcha s'accélérer. Il posait le pied sur le sol argileux quand un coup violent dans le dos le projeta à terre.

La commissaire pivota sans perdre une seconde, mais l'ombre surgie de derrière l'escalier lui saisit le poignet, la contourna, lui rabattant le bras dans le dos, tandis que la main libre lui enserrait la gorge. Touraine se redressa, l'arme au poing. Murat s'était emparé du 357 d'Aïcha. Il la plaquait contre lui comme un bouclier, lui collait le canon sur la tempe et, ne faisant plus qu'un, ils reculèrent jusqu'à s'approcher du corps suspendu.

— Lâche ton arme ou je lui explose la tête. Lâche !

Touraine posa son pistolet sur le sol. Aïcha ne le quittait plus des yeux.

— Pousse ce flingue avec ton pied. Grouille.

Touraine s'exécuta sans broncher.

— Maintenant, tu te couches sur le ventre, les mains derrière la nuque. Elle et moi, on grimpe et on se tire. Allez, magne-toi !

Touraine s'allongea contre le sol et croisa les doigts derrière la tête. Murat se déplaça lentement vers l'escalier, maintenant fermement Aïcha contre lui. Puis il s'adressa de nouveau à Touraine.

— Si tu fais un geste de travers, je la bute et je t'allume après.

Le hurlement d'une sirène, des pneus qui crissent sur le gravier et des portières qui claquent.

Murat leva les yeux vers le haut des marches.

— Qu'est-ce que c'est que ce bordel ?

Des voix qui résonnent dans le hall, des pas qui investissent la maison.

— Inutile d'essayer de vous échapper, Murat. Ce sont mes hommes. Le mieux, c'est de me lâcher et de vous rendre.

Le ton posé de sa voix impressionna Touraine.

— Comment ça, tes hommes ? C'est toi, le chef ?

— Commissaire principal Aïcha Sadia, Sébastien Touraine, mon équipier. Ça vous va, comme présentations ?

Touraine se dit, au ton qu'elle employait pour répondre à Murat, que cette femme n'avait peur de rien. Qu'être l'otage d'un dingue qui vous met son flingue sur la tempe suffirait à en calmer plus d'un, mais pas Aïcha Sadia.

Des pas dans l'escalier qui descendent à la première cave, et la voix de Camorra :

— Vous êtes là, patronne ?

Murat, pour éviter toute balle venue d'en haut, recula et rejoignit le mur du fond.

— Oui, elle est là. Et si tu joues au con, je la tue.

Camorra s'allongea au bord de la trappe et fit signe à Perridon de l'imiter.

— Maintenant, vous allez m'écouter, poursuivit Murat. Elle et moi, on sort tous les deux et on se tire. Vous, vous allez dégager de la maison et me laisser une voiture devant le perron, moteur en marche. Vous avez deux minutes.

Puis, s'adressant à Aïcha.

— Donne-leur les consignes. Toi, ils t'écouteront.

Elle prit une profonde inspiration.

— Faites ce qu'il dit, Camorra. Prenez position dans le jardin, et dès qu'on sort, vous l'abattez.

— Salope ! hurla Murat en enfonçant son arme contre la nuque de la commissaire. Tu vas crever dans ce trou. C'est ça que tu veux ?

Il resserra son étreinte et ferma les yeux, quelques secondes.

Et dans la tête d'Aïcha, les mots se firent la course, une course folle aux dérapages imprévisibles. *Tant pis. Aller jusqu'au bout. Lui faire comprendre que c'est foutu, lui asséner les mots qui désespèrent jusqu'à ce qu'elle le sente craquer, qu'elle le sente céder. Au moindre signe d'affaissement, elle lui écraserait le dos contre le mur, dévierait le canon de sa tempe et retournerait la situation.*

— Vous ne vous en sortirez pas, Murat. Mes hommes sont des tireurs d'élite. Ils vous abattront sans hésiter.

Touraine se demanda si elle avait perdu la tête. Sa tactique était insensée. Puis, à l'écoute des paroles suivantes, il comprit où elle voulait en venir.

— Réfléchissez. On a tout notre temps. Moi, ce que je veux, c'est juste que vous me racontiez ce qui s'est passé. Que vous me répétiez les mots d'Askri. Voilà ce que je veux. La vérité, tout simplement. Quand vous m'aurez parlé, je dirai à mes hommes de nous laisser foutre le camp. Ils n'ont pas pour habitude de discuter mes ordres. Mais avant, vous me racontez tout.

Murat réfléchit un instant, soupesa la proposition d'Aïcha.

— J'ai ta vie au bout de mon flingue, et toi, tu veux savoir… Flic jusqu'au bout, c'est ça ?

— Vous êtes con, ou quoi ? Je suis flic, c'est sûr, mais avant tout, je suis d'origine kabyle. Et l'histoire qui nous amène ici n'appartient pas qu'à vous, Murat. C'est aussi un pan de ma vie. Alors, je veux savoir ce qui s'est passé… Ce n'est pas au type coincé dans une cave que je m'adresse, mais à l'officier de l'armée française. Au combattant qui a mené ses hommes sur tous les fronts.

À sa respiration, elle sentit qu'il se calmait, que les mots prononcés faisaient leur chemin. Alors, elle poursuivit :

— Si vous me racontiez ce qui s'est passé à Ouadhia,

ce matin de 1960 ? Si vous me parliez du jeune Antoine Berthier ? Voilà ce que j'attends de vous. Et en échange, on dégage d'ici ensemble. Vous avez ma parole. Une parole de Kabyle, vous savez aussi bien que moi ce que ça vaut…

Touraine se dit qu'en amenant Murat à la confession, au relâchement, elle saisirait le moment opportun et tenterait quelque chose.

Là-haut, les deux flics demeuraient silencieux. Par la trappe ouverte, ils distinguaient Touraine allongé sur le ventre, mais de Murat et d'Aïcha, ils ne percevaient que les voix.

— OK, céda Philippe Murat. Puisque j'ai ta parole.

Il ne regarda plus rien de précis et fit un saut de quarante ans en arrière.

— Ce matin-là, on allait lever le camp et regagner notre base. Avec ma section, on venait de patrouiller trois jours sur les hauteurs et mes hommes en avaient plein les jambes. Pour une fois, on rentrait au complet. Pas d'embuscade, rien. À croire que les fells voulaient éviter toute confrontation. Les gars sortaient de leurs guitounes quand j'ai vu Berthier redescendre d'une colline avec trois de mes hommes : Ferrero, Mangin et Hadj.

Les mots de Murat résonnaient entre les voûtes.

À peine la section avait-elle décampé que Berthier avait craqué. Entre deux sanglots, il avait raconté à son capitaine le meurtre des deux civils, là-haut, dans les rochers.

Murat avait explosé. Fou de rage. D'autant plus furieux, qu'issu d'une prestigieuse école militaire, il avait pour ligne de conduite de faire en sorte que ses hommes ne deviennent pas des assassins. Qu'ils se battent, qu'ils tuent dans le fracas des batailles, qu'ils pointent dans leur mire le front de ceux d'en face dans le silence des embuscades, qu'ils se livrent aux interrogatoires musclés des hommes suspects de terrorisme, c'était l'incontournable loi de la guerre… Mais pas d'assassiner froidement des civils. Alors, de voir Berthier pleurer, les mains rougies par le sang d'un vieillard et d'un gosse, ça l'avait rendu fou. Il avait ordonné à Ferrero, Hadj et Mangin, ainsi qu'au sergent Michaud de rebrousser chemin. De retourner, sous son commandement et celui du lieutenant Bergereau, à la mechta et d'y traîner Berthier. Et là, dans la semi-obscurité des maisons de torchis, la démence avait supplanté la rage.

Un gamin d'une douzaine d'années avait sorti un couteau et s'était jeté sur Ferrero qui l'avait traîné dans une des baraques et s'en était débarrassé à coups de poignard. Les femmes s'étaient alors mises à hurler, les vieillards à frapper les soldats et, au milieu des cris et des coups, dans la panique générale, le jeune capitaine avait perdu pied. Pour ramener le calme, faire cesser les hurlements, ses hommes et lui avaient tranché toutes les gorges. Celles des femmes, des gosses, des vieux et même des bébés.

Quatorze en tout.

Puis ils avaient rejoint les autres sans un mot. Sept hommes désormais unis par le pacte du silence.

Trois jours plus tard, sur le bateau du retour, Berthier s'était fait sauter la tête.

Le drame de Ouadhia resta secret pendant quarante et un ans, et la carrière de Murat n'eut jamais à en souffrir.

Ouadhia, une heure terrible à oublier.

— …Et puis, la semaine dernière, quand j'ai rendu visite à Michaud, ce con m'a dit qu'il ne crèverait pas avec son secret. Que la sœur de Berthier serait informée des circonstances de la mort de son frère. Quand j'ai pu joindre Ferrero et les autres, j'ai bien senti qu'eux aussi parleraient à cette femme. J'ai compris que toute cette merde allait me rejaillir à la gueule. Que ma réputation, toute ma carrière allaient être salies à jamais. Tout ce déshonneur à cause d'un coup de folie qui datait de plus de quarante ans. Insupportable ! Rien d'autre. Absolument insupportable.

Alors, après une nuit de réflexion, j'ai décidé de les supprimer. Tous, les uns après les autres. J'ai échafaudé un plan et, quand est venu le moment de passer à l'action, je me suis rendu compte qu'un enfoiré avait fait le ménage à ma place ! C'est là que j'ai compris que Bergereau et moi étions les suivants sur sa liste…

Et puis, hier soir, ce fumier s'est introduit chez moi. Il a égorgé Bergereau et Hocine, mon domestique. Mais moi, il ne m'a pas eu… C'est moi qui l'ai baisé, cet enculé. Et je peux vous dire qu'il a dérouillé avant de crever.

Aïcha Sadia choisit ce moment pour l'interrompre.

— Est-ce qu'Askri vous a au moins avoué la raison de ses actes ?

— Tout ce que j'ai pu lui faire cracher, c'est que ce fameux matin de 1960, il était planqué dans une des baraques de Ouadhia. Qu'il avait vu sa mère mourir. Et puis, il m'a raconté que la semaine dernière, Michaud s'était confié à lui avant de mourir, et que cette confession, c'était comme un cadeau tombé du ciel. Michaud, ce con, lui a tout raconté, tout. Jusqu'aux noms et adresses de ceux qui avaient tué les siens…

Avant de mourir, il m'a dit regretter avoir liquidé la Dimasco, elle n'avait rien à dire. Mais pour le reste, il a fermé sa gueule. Pas moyen de lui tirer un mot de plus. Il l'a bouclée jusqu'à ce que son cœur lâche, il y a une demi-heure…

Murat se tut un instant, cherchant les mots suivants comme une sortie de secours.

— Voilà, tu les as, tes réponses. On peut se tirer, maintenant.

— Pour aller où ? répliqua la commissaire. À peine sortis de chez vous, la chasse va commencer. Toute la machine va se mettre en route : les télés, les radios, le GIGN. et tous les flics de France. C'est comme ça que vous voulez terminer votre carrière ? Condamné à crever devant la France entière ? Vous ne pensez pas qu'il serait plus raisonnable de vous rendre et de vous expliquer devant la justice ? Qu'est-ce que vous risquez, au fond ? Pour les meurtres des civils algériens, il y a belle lurette qu'il y a prescription. Au fond, à part Mohamed Askri qui s'est introduit chez vous pour vous faire la peau, à part lui, vous n'avez tué personne. Réfléchissez, Murat. Ça vaut peut-être la peine d'arrêter le massacre, non ?

Pour toute réponse, Murat se tourna vers Touraine.

— Toi, tu vas te tourner vers le mur derrière toi. Je ne veux plus voir ta gueule.

Aïcha sentit le bras gauche de Murat se faire plus pressant contre sa poitrine, l'embout d'acier glisser et s'immobiliser contre sa joue. Puis, elle l'entendit s'adresser à Touraine, et ces mots-là, comme un ultime compte à rebours, lui firent l'effet d'une grande aiguille plantée au beau milieu du ventre.

— Maintenant, tu vas compter jusqu'à trois. Lentement et à voix haute. Et tu restes tourné.

— Qu'est-ce que vous allez faire ? murmura la commissaire.

— T'occupe. On va se tirer d'ici.

Puis il gueula les mots suivants :

— Bon, tu comptes, oui ou merde ?

Il approcha ses lèvres de l'oreille d'Aïcha et lui susurra :

— Chacun son chemin de croix, ma belle.

Touraine commença à compter. Le plus lentement possible, comme si l'espace entre les mots pouvait retarder l'inéluctable. Il se dit qu'à « trois », il se jetterait sur Murat, que ce dernier lui tirerait dessus, qu'Aïcha pourrait se dégager et que de là-haut, Camorra ferait un carton.

— ...Deux... Trois.

Touraine se retourna d'un coup, quand la pièce s'emplit du claquement sourd de la détonation.

Les secondes qui suivirent défilèrent au rythme des cœurs emballés, s'imprimant dans les mémoires en un étrange ralenti.

Aïcha et Murat s'écroulèrent en bloc. Camorra sauta dans le vide, suivi de Perridon qui dévala les escaliers. D'un bond, Touraine se retrouva contre les corps enchevêtrés.

Murat s'était explosé le crâne et, entre ses bras, apparut le visage d'Aïcha, éclaboussé de bouts de chairs éparses. Elle accrocha le regard de Touraine, tendit la main vers lui.

Secondé par Camorra, il l'aida à se relever, puis elle tomba dans ses bras.

— Ça va, Aïcha ? Ça va ?

— Ça va aller… Ça va aller…

Le nez dans ses mèches brunes, Touraine, les oreilles encore assourdies, lui murmura :

— Pourquoi est-ce qu'il m'a obligé à me tourner, ce con ?

Elle se dégagea légèrement et plongea son regard dans le sien.

— Pour être seul à regarder la mort, Sébastien. Par pudeur aussi, je crois. Par pudeur.

Et brusquement, comme seul l'orage inattendu éclate et fait se froisser les paysages, tout son visage sembla se plisser, se livrer enfin aux larmes.

23

Dimanche, 22 h 30

— Tu ne crois pas que tu te compliques la vie ?

Le menton posé au creux des mains, les coudes appuyés sur la table, elle l'avait écouté attentivement, puis elle avait posé sa question.

Deux heures plus tôt, quand elle avait promené son doigt le long de la carte, entre les salades marines et les pieds paquets, d'un geste maîtrisé par l'habitude, elle avait déposé sur son nez des lunettes sans âge. Une monture en écaille noire, aux verres étroits et rectangulaires, offrant à son visage la mine faussement sage d'une étudiante des années soixante-dix. Elle avait planté les branches entre ses mèches, transformant ses lunettes en serre-tête et, pour Sébastien, ce simple geste, ce mouvement d'installation légère dans les cheveux, avait achevé de le faire fondre.

Aïcha emplit les verres du reste de la bouteille de gigondas.

Au premier étage de La Caravelle, sur l'étroite terrasse surplombant le Vieux-Port, Aïcha Sadia prenait un plaisir amusé à écouter les questions demeurées sans réponse, les longues phrases d'homme jamais apaisé de Sébastien Touraine.

Depuis qu'il avait saisi sa main tendue dans la cave de Murat, qu'il l'avait extirpée du sang et de la mort soudaine, elle l'avait appelé par son prénom et, dès lors, le tutoiement s'était imposé à eux naturellement.

— Je ne me complique pas la vie, Aïcha. Ce ne sont pas les faits qui sont en cause, c'est la perception que j'en ai. Je comprends qu'Askri soit devenu le justicier des siens. Il avait toutes les raisons possibles pour ça. Non, ce qui me chiffonne n'a rien de rationnel. C'est quelque chose en moi qui a du mal à s'emboîter.

— Et qu'est-ce qu'il te dit, ce truc en toi qui a du mal à s'emboîter ?

— C'est ça, moque-toi…

Elle alluma une cigarette.

— Je ne me moque pas de toi. Je suis même curieuse de l'entendre, ta petite musique.

— Ma p'tite musique, comme tu dis, elle me chuchote souvent des trucs auxquels, sur le coup, je ne prête pas attention. Et, une fois l'action retombée, elle me revient dans la tête. Tu sais, comme ces airs obsédants qui parfois ne veulent plus nous quitter… Et puis, elle insiste, la p'tite musique, pour que je pose mon cul et que je l'écoute. Dans cette affaire, tu vois, il y a deux choses qui m'empêchent de l'entendre comme il faut. Deux fausses notes à la con qui ne reposent sur rien de tangible.

Aïcha ne put s'empêcher de sourire.

— Rien de tangible ? Tu sais comme moi que nous, les flics, on aime les raisonnements bien carrés. T'as pas l'impression que, cette fois-ci, ta petite musique te mène en bateau ?

— Écoute-moi, au lieu de te marrer. Après, tu feras comme tous les flics, tu jugeras sur pièce.

D'abord, il y a ce que me souffle mon intuition. Hier soir, quand j'étais dans la « salle d'attente », avant que tu viennes m'interroger avec ton équipe, j'ai pas mal gambergé. Tous ces crimes, je les ai passés en revue. J'ai revisité chaque détail, chaque angle, chaque facette. Et c'est venu comme ça, sans raison. La certitude d'avoir affaire à deux meurtriers. La conviction que Ferrero, Hadj et Mangin avaient été exécutés par quelqu'un d'autre que celui qui avait torturé Viviane Dimasco.

— Ça repose sur quoi ?

— Rien de précis. Juste la certitude que ces meurtres obéissent à des motivations différentes. Il est là, mon problème. Je sais qu'Askri a accompli le grand nettoyage que le ciel lui avait ordonné. Je sais tout ça. Mais le sentiment d'avoir à chercher deux assassins ne m'a toujours pas quitté…

Touraine vida son verre cul sec, puis profita du passage du garçon pour commander deux cafés et l'addition.

— Et le deuxième truc qui te tracasse, c'est quoi ?

— Un théorème.

— Tu veux dire une formule mathématique qui s'appliquerait, comme par magie, à toutes les enquêtes ?

Touraine sentit que s'il voulait lui démontrer que ce qui l'agitait n'était pas une plaisanterie à deux balles, il devait changer de ton.

— Cesse de tourner tout ce que je dis en dérision, Aïcha. J'ai été flic quinze ans. Des mœurs aux stups, en passant par l'antigang. Alors, crois-moi, j'ai eu le temps de me tromper, de faire des conneries, c'est sûr, mais aussi de construire des raisonnements qui tiennent la route. Des pratiques de flic un peu perso, je te l'accorde. Et parmi ces méthodes, s'est imposé un théorème. Une sorte d'équation qui peut s'appliquer à tous les cas de figure. Ça t'intéresse ou pas ?

Aïcha sentit qu'il ne plaisantait pas.

— Bien sûr. Continue.

Alors, il prononça les mots suivants en détachant distinctement chaque syllabe.

— Je te l'énonce : c'est dans le mensonge qu'on trouve la vérité.

— Tu peux développer ?

— Bien sûr. Dans une enquête, quand on cherche le coupable, il faut chercher le menteur. C'est enfantin. Si tu découvres qu'un des protagonistes te ment, soit il est coupable, soit ce qu'il te cache te mène à la vérité. Et je t'assure que ça marche à tous les coups. Mais là, dans cette putain d'affaire, tout le monde dit la vérité. Même les mensonges de l'armée sont avoués. Voilà ce qui me manque, dans cette histoire. Un menteur. On n'en a pas découvert et, par hypothèse, on est peut-être passés à côté de la solution.

Aïcha trempa ses lèvres au bord de la tasse, puis la reposa prudemment.

— Excuse mon sourire, Sébastien, mais tu me fais penser à un de ces profs de maths qui découvre que ce qu'il considérait comme certitude universelle, n'est en fait qu'une vérité aléatoire.

Elle versa une goutte de lait dans son café et enchaîna :

— Moi, je ne partage pas tes incertitudes, mais ce qui nous rapproche, tu vois, c'est qu'en moi aussi s'est installé un sentiment étrange, inconfortable.

— C'est-à-dire ?

— Contrairement à toi, mon trouble ne repose pas sur une interrogation. Askri a assouvi sa vengeance, point barre. Suffisamment de preuves, d'aveux. Rien à discuter. Non, ce qui me dérange, c'est quelque chose de plus personnel. Comme si la rencontre de cette histoire et de ma propre histoire me procurait un truc compliqué à digérer.

Elle alluma une cigarette de plus et, quand la fumée grise prit son envol, elle poursuivit son explication.

— Je suis née en 1966, quatre ans après la fin de la guerre d'Algérie. Cette guerre, mes parents m'en ont toujours tenue éloignée. Le sujet n'était quasiment jamais évoqué à la maison et, depuis deux jours, j'ai l'impression d'être devenue témoin d'une tuerie abominable. D'un règlement de comptes qui, au final, n'apporte aucun soulagement, aucune paix. Comme cette putain de guerre, en fait.

Touraine avait observé trois petites rides se dessiner sur le front d'Aïcha. Trois marques d'émotion ou d'inquiétude qui, il le savait, marquaient parfois le visage des femmes. Aussi, il l'encouragea à continuer.

— Tu peux approfondir ?

Elle hésita un court instant, puis se lança dans une longue explication, une suite de mots qui, à mesure qu'elle les prononçait, esquissait une difficulté que, secrètement, elle portait en elle depuis toujours.

— À la fin d'une guerre ou d'un conflit, normalement, il y a toujours un gagnant. Un peuple libéré qui fête sa victoire et s'apprête à construire son avenir sur cette nouvelle liberté. Et dans le camp des perdants, les vaincus mettent des années à panser leurs blessures, à apprivoiser leur amertume, des décennies parfois à digérer la défaite. Ça, c'est la loi de tous les après-guerres. Sauf que pour la nôtre, ça ne s'est pas passé comme ça. La victoire n'en fut pas une, et les années de guerre, un immense gâchis pour tout le monde.

Les jeunes Français qui ont fait leur service militaire là-bas sont, pour beaucoup d'entre eux, rentrés complètement abîmés. L'armée française en est sortie déshonorée par la torture de masse, les pieds-noirs y ont perdu leurs terres et leurs racines. Quant aux Algériens, tu vois ce qu'ils ont fait de leur Indépendance…

Cette guerre a été un véritable fiasco pour tous ses acteurs. Et pour les hommes et les femmes qu'on a croisés depuis quelques jours, c'est pareil. Comme si, quarante ans après, le prix était encore exorbitant. Le jeune Berthier qui se suicide, le chagrin de sa sœur, le petit Askri qui finit en bourreau et victime suppliciée, Murat qui se révèle tortionnaire avant de mettre fin à ses jours, tous ces vieux soldats égorgés chez eux, et Germain Dimasco qui va terminer sa vie seul avec son chagrin.

Tu vois, Sébastien, pour moi, cette affaire est résolue. Contrairement à toi, les faits sont pour moi suffisamment clairs. Mais ce qui me trouble le plus, je vais te le dire, c'est de m'être trompée à ce point sur ce que je croyais être. Depuis quelques années, je me voyais comme un quasi modèle d'intégration. Une femme d'origine algérienne qui devient patronne des flics marseillais, tu imagines ? J'avais l'impression d'être réunie à l'intérieur, d'avoir réconcilié en moi la part de France et la part d'Algérie. Mais ce soir, c'est différent. Comme si tout ça n'était en fait qu'une illusion. Comme si j'avais toujours zappé l'essentiel. Et c'est difficile à assumer… Je ne sais pas si tu me suis…

Sébastien comprenait qu'elle avait tout compris. Qu'elle était à elle seule les deux côtés de la Méditerranée, au croisement précis des douleurs de deux peuples qui ne s'étaient jamais pardonnés.

Quand le serveur lui rendit la carte bancaire, il dit « On y va. » et ils descendirent les escaliers côte à côte. Elle glissa son bras sous le sien et ils se retrouvèrent sur le trottoir, face aux mâts qui tanguaient sur l'eau sombre du port, un tant soit peu grisés du vin, des mots et du doux désordre qui s'était installé en eux.

— Mon terrier à moi est à deux pas, dit-il. Je nous fais une tisane au gingembre ?

D'un léger mouvement du coude, elle se serra un peu plus contre son bras et lui sourit :

— Allez, va pour le gingembre.

*

— Sébastien, tu peux éteindre ? On verra mieux la nuit.

Face à la baie vitrée du séjour, Touraine avait disposé

côte à côte deux fauteuils profonds et enveloppants comme des nids.

Il éteignit la lumière, déposa le plateau et les tasses fumantes sur la table basse et se laissa tomber dans les plis craquelés du cuir.

L'hiver précédent, quand il avait visité cet appartement, la vue sur le port lui avait fait l'effet d'un tableau. Il avait signé dans la foulée, avait acheté les lieux comme on s'approprie une toile de maître. Et ce soir encore, la magie opérait. Les coques des bateaux qui se frôlent, les mats gris et blancs qui scintillent, doucement bousculés par la houle. À gauche, l'église Saint-Victor et là-haut, comme un fronton de la cité, Notre-Dame-de-la-Garde veillant sur ceux qui dorment, sur ceux qui s'esquivent au large ou qui errent, la nuit, dans les rues de la ville.

Sébastien se leva et fit coulisser la vitre.

— Comme ça, on a le son et l'image.

Ils burent leur tisane en silence, chacun soufflant sur sa tasse, laissant monter jusqu'à eux les odeurs de gasoil, de poissons frits, et les rires des promeneurs éméchés.

Ils laissèrent défiler les minutes sans prononcer un mot, le regard au loin, bercés par les lueurs intermittentes, là-bas, des marins insomniaques.

Touraine se dit qu'il crevait d'envie de poser sa main sur l'accoudoir d'à côté, d'entremêler ses doigts aux siens. Il sentit son cœur battre comme celui d'un collégien, comme il battait déjà quand il avait quinze ans, et depuis, rien n'avait vraiment changé.

— Ça va ? demanda Aïcha, comme si elle avait deviné son trouble.

— Oui, je suis bien… Enfin, presque.

— Qu'est-ce qui te manque ? Le courage d'oser ?

— C'est pas ça. L'audace, je connais.

Il comprit qu'en douceur, elle lui mettait la pression. Il fit l'effort de ne pas se lever pour aller chercher une cigarette, d'éviter cette pitoyable diversion, et préféra poursuivre, aller jusqu'au bout des mots.

— Tu n'as pas tort. Aujourd'hui, j'ai quarante-trois ans et j'ai l'impression de jouer un éternel remake. À force de tergiverser, je vais encore voir l'autre se lasser et tomber dans les bras d'un autre. J'ai l'impression, qu'au fond, rien n'a changé.

Il se tut, presque essoufflé par cette adolescence qui lui revenait sans prévenir.

C'est alors que les mots d'Aïcha s'enchaînèrent.

Et ses gestes aussi.

— Séduire, Sébastien, c'est vouloir être aimé à tout prix. Tous les moyens sont bons pour y parvenir, parce qu'être aimé, c'est une question de survie. En revanche, dans l'étape suivante, comme tu dis, ce qui fait peur, c'est qu'il ne s'agit plus d'être aimé, mais d'aimer. Il ne s'agit plus de recevoir, mais de donner. Il ne s'agit plus de paraître, mais d'être vraiment. Et là, pour le séducteur qui, au fond, n'est qu'un bon acteur désespéré, c'est l'affolement et souvent même la fuite. Je me trompe ?

— Non. C'est plutôt bien vu.

Elle pivota dans son fauteuil, se tourna vers lui et, tout en lui parlant, elle se mit à sourire, de ce sourire étrange, gourmand et sûr à la fois, qui anime parfois le regard et la bouche de celles qui ont la maîtrise des choses.

— Heureusement, depuis ton adolescence, les femmes ont changé… Maintenant, elles savent qui vous êtes et, parfois, pour vous aider à grandir, elles prennent l'initiative et bousculent l'ordre des choses.

Elle s'extirpa du vieux cuir et s'assit à califourchon sur ses genoux.

— Ferme les yeux, s'il te plaît.

Derrière ses paupières closes, il l'entendit déboutonner son corsage, devina le contact chiffonné du vêtement sur le parquet, le bruit feutré des bottes qui glissent le long des chevilles.

— Donne-moi tes mains, murmura-t-elle. Et garde les yeux fermés.

Elle lui prit les doigts et les posa contre ses lèvres. Elle fit glisser les paumes le long de son cou, de sa gorge. Sébastien sentit ses seins gonflés sous la dentelle, son ventre tendu et chaud. Puis elle retroussa sa jupe de velours, avança un peu plus son bassin et ondula sous sa ceinture jusqu'à sentir l'étoffe se gonfler.

Elle posa ses lèvres au coin des siennes, lapa les bords de sa bouche comme une chatte, glissa sa langue contre la sienne. Puis, elle se redressa, le buste à la verticale.

— Ouvre les yeux, maintenant.

Le contre-jour de la nuit marseillaise lui offrit l'ombre d'Aïcha, son sourire dans le noir et ses yeux bleus, brillants d'envies.

Il glissa les doigts sous les mèches sombres, frôla à peine le duvet de sa nuque, fit glisser les bretelles le long des épaules.

D'un geste sûr, elle fit sauter l'agrafe dans son dos et se pencha sur lui, offrant à sa bouche la tiédeur de ses seins parfumés.

LUNDI 10 SEPTEMBRE

24

Et les secondes de bonheur s'envolent comme des oiseaux pressés…

Des mots suspendus au sommeil et qui ne veulent pas lâcher prise. Des mots accrochés dans sa tête comme un rappel de la nuit, de ce moment qui est déjà derrière, de ces heures qui valent tellement plus que leurs soixante minutes bout à bout.

Touraine ouvre un œil entre sa vie d'avant et sa vie d'après hier soir.

Depuis le départ d'Emma, une année écoulée à prendre la mesure du gris, du vide, des jours sans couleur. D'interminables saisons à canaliser la douleur, à creuser coûte que coûte un chemin à suivre. Et puis hier soir, les multiples ramifications de sa peine, contrairement aux bras d'un fleuve avant l'embouchure, s'étaient soudain donné rendez-vous comme pour dessiner une éclaircie, esquisser les contours d'un apaisement dans sa vie.

Les aiguilles à l'horizontale, 9 h 15.

Dans son dos, l'empreinte encore tiède d'Aïcha.

Se lever. Enfiler un caleçon, un tee-shirt. Avancer jusqu'à la cuisine en se massant le crâne. Là, une odeur de café chaud, des miettes de brioche sur la table. Dans l'évier, une petite cuillère dans un bol à moitié rincé.

Coincé sous une tasse, un bout de papier. Des bâtons et des traits indéchiffrables. Sébastien ramasse ses lunettes dans un coin du salon et pose les yeux sur les mots griffonnés.

7 h 50.

Je m'éclipse.
J'ai un métier, moi...
Merci pour tout.
J'ai adoré. Peur d'être accro.
Je t'appelle.
Baisers.
Aïcha

Il fait beau et le carrelage de la terrasse est déjà chaud sous les pieds. Sébastien sort prudemment de sa nuit, fait face à la ville éveillée depuis longtemps.

Ouvrir son agenda.

Quartier libre.

Une douche, un jean, une chemisette bleu marine. Retrousser les manches jusqu'aux coudes, un coup de peigne sur ce qu'il lui reste de cheveux, un deuxième café, au calme, et le plaisir de la première cigarette.

Rien à faire de précis. Sortir et puis traîner. Promener ce sentiment d'insatisfaction qui ne l'a toujours pas quitté, le long des rues, des quais.

Fermer à clé, laisser descendre l'ascenseur. Marcher une fois de plus sur les bords de la ville, sur les bords de ses doutes. Marcher longtemps jusqu'à se vider la tête et puis, quand les dernières traces de la nuit seront effacées par la sueur, se remettre à penser.

Laisser le Vieux-Port sur sa droite, longer la plage des Catalans, suivre la mer par la Corniche, accélérer le pas jusqu'à sentir son cou se mouiller, puis son front, puis sa chemise dans le dos. Marcher comme ça jusqu'à l'Escale Borely, la Pointe Rouge, les Goudes. Poser ses fesses à la terrasse d'un troquet, reprendre son souffle et s'enfiler une bière d'un trait. Laisser la transpiration noyer son visage et là, face aux barques des pêcheurs qui repartent, tenter de faire le point.

Puis il sera temps de revenir sur ses pas, d'affronter le soleil de l'après-midi. Une fois de retour, dans la fraîcheur de l'appartement, il sera plus léger, nettoyé de la nuit, de la semaine. Un long moment sous la douche jusqu'à se sentir neuf, prêt à la revoir, à lire sur ses lèvres les mots qu'il a envie d'entendre.

Mais avant de programmer des retrouvailles, faire tomber l'amertume comme on fait chuter la fièvre. Cette mauvaise humeur qui s'est emparée de lui depuis hier, après le suicide de Murat. Cette quasi-certitude d'être passé à côté de l'essentiel. Comme tous les autres, trompé par les apparences.

Être le seul à s'ouvrir à l'incertitude, cela renforce l'inconfort, le sentiment désagréable d'être, peut-être, le jouet de soi-même.

Prendre des nouvelles de Théo Mathias, étudier le rapport d'autopsie de Viviane Dimasco. Le corps martyrisé de cette femme a peut-être quelque chose à leur apprendre. Il sait, Sébastien Touraine, que la mort, elle, ne ment jamais.

*

Claquer la porte de l'appartement derrière lui et se jeter sur le frigo. Un litre d'eau, un morceau de gruyère, un verre de vin et un café. Une cigarette au creux d'un des fauteuils, et les yeux qui se ferment…

16 h 40. Une heure zappée par la sieste.

Sur son portable, un message d'Aïcha.

Des mots lancés pêle-mêle dans le vacarme d'une voiture qui fonce. Des mots pour dire une journée de dingue, qu'elle passera la nuit sur le pont avant de l'appeler demain, dans la matinée.

Demain, c'est loin.

Le jet glacé de la douche lui remet les idées en place. Un jean propre, un polo, une clope fumée dans la cuisine en désordre.

Bilan de la matinée : néant. Pas le début d'une idée. Faut se bouger, forcer les choses.

Décrocher son portable et avancer un pion.

— Allô, c'est Touraine. Bernardini est dans les parages ? Passez-le moi, merci.

Une minute d'attente à se le figurer dans son bloc

aseptisé, penché sur une carcasse ouverte, enregistrant d'un air détaché ses conclusions au dictaphone. L'imaginer ôtant ses gants vinyle et pestant, avant de saisir le téléphone tendu par une de ses assistantes, que même chez les morts, il n'y a pas moyen d'avoir la paix.

— Salut, c'est Touraine... Excuse-moi de te déranger... Non, je n'ai pas de nouvelles de Mathias... Dis-moi, l'autopsie de Dimasco, ça a donné quoi ?

Et le médecin de lui raconter ce qu'il sait déjà. Coups violents portés au visage, seins tailladés au rasoir et puis sourire kabyle, d'une oreille à l'autre. Un boulot de pro. Pas de traces, pas de cheveux, pas d'empreintes, pas d'ADN autres que ceux de la victime.

La question suivante, comme ça, sans y avoir pensé auparavant.

— Et côté sexe, pas d'histoires ?

Et les mots du légiste. Un mur qui s'écroule.

— Pas d'histoires ? Tu parles ! On peut même dire « jamais d'histoires ». Du rare, quoi !

— Tu peux être plus clair ?

— Une cliente de soixante piges qui est encore vierge, ce n'est pas courant, non ? Et gironde, avec ça.

— Tu te fous de moi ?

— Non, je suis sérieux. Une vraie jeune fille, ta Dimasco. Jamais baisée. C'est dingue, non ?

Touraine n'entend plus les mots du médecin.

Seuls ceux de Germain Dimasco lui reviennent en vrac. *L'exaltation des corps, les heures d'intimité qui n'avaient rien perdu de leur force, aimer jusqu'à en perdre connaissance...*

Raccrocher en bafouillant un vague merci.

Démarrer les escaliers quatre à quatre et démarrer la vieille Volvo. Vitre baissée, une cigarette au bec coincée à l'angle du sourire qui prend place.

Une fois de plus, le théorème du mensonge le remettait en piste.

*

17 h 20

Quitter Marseille au plus vite. Contourner la gare Saint-Charles, choper la rocade et laisser les quartiers Nord derrière lui.

Se coincer le portable au creux du cou et rappeler Bernardini :

— Oui, c'est encore moi. T'aurais l'adresse exacte de Dimasco ? Rousset, ça, je sais… 21 rue du Four. Il a récupéré le corps ce matin, et l'enterrement, c'est pour demain 10 heures. OK. Merci.

Bien avant Aix, la Volvo bifurque vers Gardanne. La campagne aixoise défile, balafrée par les voies rapides. Partout, des résidences en chantier, des murs de parpaings, des palissades de crépi, des mas prétentieux qui défigurent le paysage.

La voix express se rétrécit. Départementale D2, direction Trets. Sur la gauche, la montagne Sainte-Victoire veille sur la campagne. Le vent du sud a poussé les nuages sur la Provence et, là-haut, les arêtes rocheuses ont pris des reflets gris et roses. La Sainte-Victoire, c'est la Bonne-Mère de l'intérieur. Un massif comme un repère au ras du ciel qui, comme Notre-Dame-de-la-Garde pour les marins, guide et veille sur les paysans en sursis.

Pianoter sur son portable. Passer par les renseignements et joindre la société Arkochimie, à Lyon. Service du personnel... Dimasco est en arrêt depuis mercredi. Sa réunion à Lille : annulée à la dernière minute.

Un panneau fléché annonce Rousset. Aux abords de la commune, le paysage se transforme. Le break Volvo traverse un semblant de zone industrielle. En pleine cambrousse, une rue grise bordée d'usines à l'abandon, de friches en attente de reprise.

Joindre la Préfecture, service des cartes grises. Juliette, une ex perdue de vue depuis des lustres, est en poste aujourd'hui. S'excuser des années qui passent, des coups de fil qui ne viennent jamais. Lui dire qu'il est content de tomber sur elle. Si elle pouvait lui trouver ce que les Dimasco ont comme bagnoles. Dans le 13 ou le 69. Elle le rappelle dans cinq minutes.

Se garer sur la place Paul Borde. Ouvrir la portière et s'en griller une en comptant les premières gouttes de pluie qui éclatent sur les feuilles des platanes.

À la terrasse du Bar des sports, le patron rentre ses tables en vitesse.

— Allô, oui... Je t'écoute. Un 4X4 Cherokee et une vieille BMW... Un coupé 3.20 de 1982. Merci, t'es un ange. Je t'appelle, promis...

Raccrocher en ayant un peu honte.

Au fond de la place, une rue pavée. Au bout, sur la droite, la rue du Four.

Au niveau du 21, un muret surmonté d'une clôture en fer forgé peinte en vert, comme les volets de la bâtisse qu'on devine, derrière.

18 h 30. Des voitures stationnées sur les deux trottoirs. Touraine glisse sa Volvo vingt mètres plus loin, entre deux camionnettes, et décide d'attendre.

Il imagine le cercueil exposé dans une chambre, et la cohorte des voisins, des amis et des lointains cousins qui, à tour de rôle, s'inclinent en silence. Dans un salon proche, il suppose les conversations feutrées, les hommages rendus et tous les souvenirs de jeunesse qui parfument la pièce et rendent humides les yeux des uns, la voix des autres.

Dans son rétro extérieur, Touraine observe les gens sortir, rejoindre une voiture ou bien marcher et disparaître au coin de la rue.

À 19 h 30, un couple âgé claque la grille, et puis plus rien.

Les visiteurs et leur chagrin ont dû prendre congé.

*

Face à la grille verrouillée, Touraine se dit que Dimasco n'attend plus de visiteurs.

Il tire un coup sec sur la chaîne. Averti par la cloche, Dimasco apparaît à la porte d'entrée. Il jette un coup d'œil au ciel menaçant et traverse la cour.

— Bonsoir, monsieur Dimasco.

L'autre fronce les sourcils avant qu'un vague sourire n'apparaisse.

— Entrez. Je ne vous avais pas remis.

Touraine le suit à travers une vaste cour au sol recouvert de graviers. Dans la lumière du soir, la bâtisse à étage a l'allure fière des anciennes maisons rénovées et, par une porte à claire-voie, sur le côté, on peut deviner un grand jardin qui s'étale derrière.

Une fois dans le hall, Dimasco se tourne vers Touraine.

— J'ai oublié une formalité ?

— Non, du tout. Je voulais juste m'incliner devant votre épouse une dernière fois. Et puis évoquer quelques détails avec vous.

— C'est gentil à vous. Suivez-moi.

Après avoir traversé un salon encombré de meubles de famille au bois massif et sombre, Dimasco guide Touraine jusqu'à une sorte de boudoir aux murs recouverts de livres. Les rideaux sont tirés sur le soir qui tombe, sur la pluie qui s'est mise à cingler les carreaux. Au centre de la pièce, un cercueil de chêne clair.

— Je vous laisse un instant. C'est mieux.

Dimasco avait parlé à voix basse avant de s'éclipser.

Touraine s'approche du corps drapé de soie bleu foncé et constate le travail accompli par les préparateurs.

Il songe aux couloirs glacés des morgues, aux hommes qui offrent aux cadavres leurs doux gestes de maquilleurs. Du mieux qu'ils peuvent, aidés du poil des pinceaux, ils gomment cette raideur soudaine et transparente qui déforme les visages familiers.

Touraine laisse le goupillon tranquille.

Germain Dimasco ouvre la porte et le rejoint.

— On l'enterre demain matin. À 10 heures.

— Je sais. J'ai préféré venir aujourd'hui. Demain, ça n'aurait pas été possible, et ce soir, nous sommes plus au calme.

Dimasco renouvelle ses remerciements et l'invite à le suivre.

Une fois au salon, il lui propose de prendre place sur le canapé et de boire quelque chose.

— Si, si. Je vais même vous accompagner. Cette journée m'a littéralement épuisé. Ramener le corps de Viviane ce matin et, cet après-midi, recevoir tout ce monde… Je vous assure, boire un verre avec vous me fera du bien. Et puis, si j'ai bien compris, vous avez des choses à me dire. Mais commençons par le commencement. Whisky, porto, pastis ?

Dimasco ouvre la porte du buffet, en sort une bouteille de pur malt et deux verres.

— J'arrive. Je vais chercher des glaçons dans la cuisine.

Le bruit de la trappe du congélateur qui s'ouvre et des blocs de glace qui craquent en tombant dans un bol.

Puis la voix de Dimasco derrière lui.

— C'est la maison de ses parents. Nous y venions dès que nous avions un moment.

Touraine se tait. Il attend que Dimasco s'assoie face à lui. Il attend de tremper son regard dans le sien pour lui jeter ses mensonges au visage. Cet homme, à l'immense chagrin, ce mari qui n'a jamais su guérir les blessures de sa femme, qui a passé sa vie sans pouvoir la toucher, ce justicier de la dernière heure qui mène les flics en bateau depuis le début…

Dimasco prend place dans le fauteuil, face à lui. Il s'excuse de mettre les doigts dans les glaçons, de n'avoir pas trouvé la pince appropriée et cogne son verre contre celui de Touraine.

— Au bonheur que j'ai eu pendant tant d'années. Ça compte, non ?

— Ce qui compte pour moi, répond Touraine sans le

quitter des yeux, c'est la vérité. Je n'en ai peut-être pas l'air, comme ça, mais je suis un obsessionnel de l'indiscutable. Un authentique traqueur de mensonges. J'ai même établi un théorème à ce sujet.

Puis il tend son verre en direction de son hôte.

— À la vérité, monsieur Dimasco.

Tremper ses lèvres et laisser la tourbe irlandaise lui envahir la bouche.

Sortir un paquet de Marlboro.

— Je peux ?

— Je vous en prie, monsieur Touraine. Je suis moi-même fumeur. Est-ce que je peux vous en prendre une ? J'ai dû oublier les miennes dans ma voiture.

— Un vieux coupé BM, c'est ça ?

— Oui, c'est ça. Vous êtes bien renseigné, dites-moi…

— Vérifier l'info, débusquer le mensonge ou l'omission, c'est ma marotte. Vous voyez, je ne laisse jamais rien au hasard.

Touraine exhale une profonde bouffée et décide d'avancer un pion de plus.

— On m'a communiqué les résultats de l'autopsie.

— Et alors, du nouveau ?

— Non. Du moins pas en ce qui concerne la façon dont votre épouse a été assassinée. Par contre, ce qui m'a surpris, c'est que votre femme soit encore vierge.

Tout en prononçant ces mots, il n'a pas quitté Dimasco du regard, et l'imperceptible contraction de ses mâchoires ne lui a pas échappé.

Dimasco se lève et se dirige vers la cuisine.

— J'arrive. Je vais chercher un cendrier.

Touraine sent la chaleur du whisky lui gagner les tempes, les joues, et il se décide à enfoncer le clou. Dans son théorème, les menteurs, quand ils craquent, ne sont plus que des loques à ramasser.

— Qu'une femme aussi ravissante que votre épouse n'ait jamais fait l'amour, après ce que vous nous avez raconté de votre couple, vous comprenez mon étonnement. Sans compter que j'ai pu joindre votre boîte…

Touraine entend ses propres mots sortir de sa bouche, parvenir à la cuisine et, alors qu'il parle, le second volet de son théorème lui revient en mémoire. Qu'un menteur démasqué peut devenir aussi une bête sauvage.

Il pose son verre et se tourne vers la cuisine soudain silencieuse. Il n'a que le temps d'entrevoir l'éclat du cendrier en cristal qui s'abat sur son crâne. Le cri de l'autre qui hurle sa rage lui parvient à peine, repoussé dans une zone inconnue de son cerveau, et la nuit noire, épaisse, s'installe d'un coup.

MARDI 11 SEPTEMBRE

25

— Vous tombez pile, Mathias. Il me faut le rapport d'autopsie de Viviane Dimasco pour clôturer le dossier, et Bernardini est injoignable. Je ne sais pas ce qu'il fabrique, sa ligne est occupée en permanence. Je suppose que le rapport est dans l'enveloppe que vous m'apportez. Au fait, vous, ça va mieux ?

Le légiste dépose l'enveloppe kraft sur le sous-main de la commissaire.

— Eh bien, prenez une chaise, Mathias.

Elle lui indique un des sièges, face à son bureau, mais le médecin préfère rester debout.

— Ça n'a pas l'air d'aller, mon vieux. Toujours les tripes en feu ?

Tout en parlant, elle ouvre le pli, en extirpe quelques

feuilles agrafées qu'elle pose devant elle quand Mathias se décide à parler :

— Je crois qu'on a un problème. Ça m'étonnerait que vous puissiez conclure comme vous l'entendiez.

— C'est-à-dire ?

— Lisez. La dernière page. En bas, le dernier paragraphe. J'en suis encore comme deux ronds de flan.

Aïcha Sadia fait défiler les feuillets entre ses doigts, parcourt les lignes soulignées de rouge.

— Qu'est-ce que c'est que cette histoire ? Il est tombé sur la tête, Bernardini ?

— Ça n'est pas une histoire. C'est avec moi qu'il était au téléphone. Il est formel. Viviane Dimasco était bien vierge quand Askri l'a assassinée.

— Vous voulez dire qu'elle n'avait jamais eu de rapports sexuels ?

— Jamais. Une jeune fille de soixante ans, si vous voulez.

Un flottement dans la pièce et le regard d'Aïcha qui se pose loin, bien au-delà de la fenêtre entrouverte. Elle revoit Germain Dimasco dans son bureau, fumant clope sur clope, entre deux sanglots. Et les dires de cet homme vibrent encore à ses oreilles : *l'exaltation des corps, cette façon qu'elle avait, cette épouse, de s'offrir jusqu'à en perdre connaissance.* Cette fièvre des sens qui, prétendait-il, avait permis à sa femme de survivre à la mort de son frère.

Dans le silence qui s'est installé sans prévenir, le théorème du mensonge devient une évidence.

Subitement, elle se lève, ouvre la fenêtre en grand et se tourne vers Mathias.

— Si vous pensez que Germain Dimasco n'est en fait qu'un pauvre type, malade de n'avoir pu toucher sa femme, et que ce taré s'est bien payé notre gueule, si c'est ça que vous pensez, Mathias, je peux vous dire qu'on est raccord.

Théo Mathias acquiesce d'un hochement de tête et la commissaire de poursuivre :

— À part ça, vous avez des nouvelles de Touraine ?

— Justement, il y a aussi un problème avec Touraine…

— Quel problème ?

— Il a téléphoné à Bernardini, hier après-midi. Apparemment le fait d'apprendre que Viviane Dimasco était vierge, ça lui a filé un choc. Et depuis, pas de nouvelles. Ça fait une heure que j'essaie de le joindre sur son portable. Pas moyen.

Elle songe qu'elle aussi lui a laissé plusieurs messages restés sans réponse.

— Vous pensez qu'il s'est rendu chez Dimasco ?

— Ma main à couper.

— Ce n'est pas le doute qui vous étouffe, dites-moi.

— Je le connais bien. S'il sait depuis hier où se cache la vérité, il se sera fait un plaisir d'aller la chercher pour vous.

— Comment ça, pour moi ?

— Je connais l'artiste, vous savez. Il n'aura pu s'empêcher de boucler l'affaire en solo et de vous offrir le dénouement. Un cadeau, quoi !

Le temps d'attraper Camorra, Blanchard et Perridon au vol, de leur faire le topo en dévalant les trois étages au pas de course, et c'est sur le trottoir qu'Aïcha distribue ses consignes.

— On prend deux bagnoles. Camorra, vous passez devant. On file à Rousset. Vous savez où ça se trouve ?

— C'est comme si on y était, patronne.

— Branchez-moi le gyro et la sirène. Et vous mettez la gomme, ça urge !

*

12 h 15

Les deux véhicules banalisés s'engouffrent dans la rue du Four et stoppent l'un derrière l'autre devant le numéro 21.

Escortée de ses hommes, Aïcha Sadia s'approche du portail quand elle aperçoit Germain Dimasco dans la cour.

— Vous pouvez nous ouvrir, monsieur Dimasco ?

— Pourquoi, il y a un problème ?

— Non, juste quelques points à éclaircir.

Il s'approche de la grille.

— Écoutez, madame la commissaire, ce n'est pas vraiment le jour. Je ne sais pas si vous êtes au courant, mais il n'y a pas une heure que j'ai enterré ma femme… En plus, je dois rentrer sur Lyon ce soir, et j'ai mes affaires à préparer. Sans compter qu'il faut boucler la maison. Et puis, j'avoue que j'ai besoin de me poser un peu avant de prendre la route. D'être seul un moment, aussi. Je pense que vous comprendrez.

Il fait mine de se diriger vers la maison quand les mots d'Aïcha le rattrapent.

— Ce que je comprends, monsieur Dimasco, c'est que vous partez aujourd'hui, et que si je veux vous parler, vous ne me laissez pas le choix.

Germain Dimasco semble hésiter.

— Je redescends le week-end prochain. Ça peut bien attendre jusque-là. Après tout, pour vous, cette histoire n'est plus qu'une affaire à classer. C'est vrai, quoi ! L'assassin de ma femme, Murat s'en est chargé, et tout ce que vous pourrez me raconter ne me ramènera pas Viviane… En ce qui me concerne, je vous ai déjà tout dit. Alors, qu'est-ce que vous voulez que j'apporte à une histoire déjà bouclée ? Et puis, franchement, débarquer à cinq chez moi, un jour comme celui-ci… Je ne sais pas, moi ! Un homme qui vient d'enterrer sa femme, ça se respecte, non ?

Aïcha sent la rage lui monter à la gorge.

— Écoutez-moi bien, Dimasco. La marche de l'enquête, c'est moi que ça regarde. Je ne refermerai ce dossier que quand je l'aurai décidé. En attendant, ne m'obligez pas à rentrer chez vous de force. Soyez raisonnable. Il y en a pour quelques minutes. Après, on vous laisse tranquille.

*

Dimasco les guide jusqu'au salon et leur propose de s'asseoir.

— On n'est pas venus pour l'apéro, lance Camorra. Contentez-vous de répondre aux questions, c'est tout.

Sans ménagement, elle lui balance sa première question.

— Pourquoi nous avez-vous menti ?

— Comment ça, menti ?

— Au sujet de votre épouse. Vous nous avez raconté que c'est dans vos bras qu'elle a tenté de guérir de la mort de son frère. Alors que nous ne vous demandions rien, vous nous avez fait tout un discours sur cette fusion charnelle qui vous unissait, sur sa façon de faire l'amour, je vous cite, *jusqu'à en perdre connaissance*. Vous ne l'avez jamais touchée, Dimasco. Jamais. Votre femme est morte vierge parce que ni vous ni personne ne lui avez fait l'amour. Vous nous avez menti, et je veux savoir pourquoi.

Dimasco se tait et son regard décroche.

Aïcha Sadia ne peut échapper à l'image de Mangin, la gorge ouverte, son pyjama trop grand, son pauvre corps glacé sur le carrelage de la cuisine. Celle du vieil Hadj, tout désarticulé au milieu de la route, les yeux grands ouverts de surprise, comme ceux des bêtes abattues.

Alors, face aux yeux fuyants de Germain Dimasco, elle ne peut contenir sa colère :

— Puisque vous n'avez pas les couilles de nous parler…

— Je suis chez moi, et je ne vous permets pas de me parler comme ça.

— C'est moi qui commande, ici. Et je vous parle comme j'ai envie. Vous n'avez pas de couilles, Dimasco. Et c'est parce que vous êtes un sans-couilles que je vais vous dire, moi, pourquoi vous nous avez menti…

Face à la détermination de cette femme, Dimasco rive son regard à celui de la commissaire et se résigne à l'écouter.

— Quand Antoine Berthier est mort en Algérie, d'une certaine façon, Viviane y a aussi perdu la vie. Je suis une femme, monsieur Dimasco, une sœur aussi. Je peux comprendre ce qu'elle a ressenti quand le cercueil de son frère est descendu du bateau. Un profond dégoût des hommes, voilà ce qu'elle a éprouvé. Un écœurement total de ce que leurs bouches pouvaient dire, de ce que leurs mains pouvaient commettre. Et cette répugnance ne l'a jamais quittée. Elle vous a épousé parce qu'elle avait besoin d'être aimée. Parce qu'on lui avait retiré son frère et qu'elle ne pouvait perdre le dernier compagnon d'enfance qui lui restait.

Mais ce jour-là, quand Murat lui a annoncé la mort d'Antoine, que le car les a ramenées, elle et sa mère, jusqu'au village, j'ai la conviction que quelque chose s'est refermé en elle. Définitivement. Pour elle, les mains des hommes resteraient à jamais entachées et aucunes d'elles, même les vôtres, ne se poseraient sur sa peau.

J'imagine que vous avez pris votre mal en patience, que vous avez usé de tous les stratagèmes possibles pour parvenir à vos fins et que, finalement, vous vous êtes résigné. Vous aviez sa tendresse, son attachement, mais vous n'avez jamais pu l'aimer comme vous l'entendiez. Ni même l'embrasser, peut-être. Et ça, pour un homme, c'est comme une peine à perpétuité.

Je devine votre calvaire, votre colère contre cette guerre d'Algérie, contre ces soldats de métier qui, sans le savoir, vous ont fait payer le prix fort. Je peux comprendre ça…

Aïcha se tait. Tout le monde se tait. Entre les respirations et les regards posés où ils peuvent, la vie gâchée d'un homme est devenue l'unique spectacle.

La commissaire allume une cigarette. Elle a tant à lui dire qu'elle poursuit sans attendre de réponse, de lâcheté argumentée.

— Tout ça n'aurait pu être que l'histoire d'une interminable frustration. Mais la semaine dernière, le coup de fil de Sylvie Michaud réveille votre colère. Le courrier qu'elle adresse à votre épouse vous livre les noms et les adresses des soldats responsables du suicide d'Antoine. Responsables de votre purgatoire. L'occasion est trop belle.

Votre réunion à Lille, vous l'annulez. Ça y est, c'est décidé. Vos quarante ans d'enfer, vous allez les faire payer. Vous précédez votre épouse à Marseille de deux jours, vous suicidez Ferrero, vous écrasez Mohamed Hadj, vous pénétrez chez Touraine, le détective privé choisi par votre femme. Là, vous dérobez son rasoir à manche avec lequel vous égorgez Mangin à son domicile.

Mais ce que vous n'aviez pas prévu, monsieur Dimasco, c'est que Michaud s'était également confessé à un de ses infirmiers… Un certain Mohamed Askri, survivant du massacre de Ouadhia. Quant à Askri, pour comprendre qui le devance dans l'exécution de sa vengeance, il va s'en prendre à votre femme, la torturer pour rien – elle n'a rien à dire, la pauvre – et il va l'égorger dans la baignoire de son hôtel. C'est là que vous débarquez juste avant Touraine dans cette putain de chambre, et que vous découvrez le corps de votre épouse. Vous ne comprenez plus rien, Dimasco, rien du tout. La seule idée qui vous vient à l'esprit, avant de foutre le camp, c'est de planquer le rasoir au fond de la baignoire.

Ensuite, vous débarquez dans mon bureau avant-hier

soir, comme si vous reveniez de Lille, et pendant une heure, vous nous prenez pour des cons… Jusqu'à aujourd'hui.

Silence dans le salon. Dimasco a écouté sans broncher. Un sourire, comme une empreinte de soulagement, s'amorce sur son visage.

— Ça vous fait marrer, en plus ! explose Aïcha Sadia.

— Non, juste sourire. Ces enfoirés de militaires, ils ont poussé Antoine à commettre une belle saloperie. Et ce gosse – parce que c'était un gosse ! – il n'a pas supporté ce qu'il avait fait et il s'est flingué. Ce coup de folie, madame, ça m'a pourri le reste de l'existence. Et quarante ans de pourriture, il faut bien que ça se paye un jour. Je n'ai aucun regret, voyez-vous, si ce n'est de ne pas avoir su persuader Viviane de me laisser aller à Marseille à sa place. Pour le reste, je suis soulagé. C'est tout.

— Et Touraine ?

— Quoi, Touraine ?

Théo Mathias décide de prendre le relais.

— Touraine sait depuis hier que vous nous avez menti. Je le connais par cœur. Je suis sûr qu'il vous a rendu visite hier soir… Il vous a jeté vos mensonges à la gueule, et pfft, plus de nouvelles. Pas moyen de le joindre. Alors, si vous nous disiez ce qu'il est devenu ?

— Qu'est-ce que c'est que cette histoire ? Je ne l'ai pas vu, votre Touraine ! J'ai passé la journée d'hier à recevoir tous ceux qui voulaient voir Viviane une dernière fois. Inutile de vous dire qu'hier soir, j'étais épuisé et que je me suis couché tôt. Il n'est pas venu ici, je vous assure.

— C'est pas la peine de mentir, coupe Aïcha Sadia.

On va tout retourner, ici. Autant nous dire tout de suite ce qui s'est passé.

— Mais rien, je vous dis ! Je ne l'ai pas revu depuis l'autre soir, dans votre bureau.

Tout en l'écoutant, Aïcha pianote le numéro du détective sur son portable.

— Ta gueule ! hurle Camorra. Taisez-vous tous !

Une mélodie sourde, étouffée, résonne dans la pièce. Les hommes d'Aïcha promènent leur regard autour d'eux. Dimasco profite de cet instant d'hésitation pour s'engouffrer dans la cuisine. Une porte de service qui claque et Camorra se jette dans l'escalier menant au jardin. Mathias soulève un des coussins du canapé et déniche le portable de Touraine. Le lieutenant réapparaît dans la pièce, Dimasco au bout du bras, les poignets menottés.

— Et ça ! rugit la commissaire. C'est quoi ?

Dimasco la toise du regard.

— Tout ce que je peux vous dire, c'est que ce fouilleur de merde était encore vivant quand il est sorti d'ici. Pour le reste, allez vous faire foutre !

La gifle d'Aïcha lui fouette le visage.

— Attachez-moi cet enfoiré au radiateur. On retourne la baraque.

*

Aïcha fait claquer les ordres dans le salon.

— Camorra, vous filez au sous-sol, Perridon à l'étage. Mathias et moi, on se fait le rez-de-chaussée. Blanchard, vous restez avec ce connard. S'il bouge, vous lui défoncez le crâne.

Les armoires s'ouvrent, les placards claquent et les penderies se vident sur le carrelage.

— Je vous sens nerveuse, glisse Théo Mathias.

— C'est clair. Je le sens pas, cet enfoiré. Vous savez comme moi qu'un menteur, quand il se sait démasqué... En fait, j'ai peur qu'il ait fait payer très cher son indiscrétion à Sébastien...

Elle a prononcé son prénom, comme ça, sans y penser, et son regard croise celui de Mathias.

— Bon, ça va, Mathias ! C'est pas la peine de me regarder comme ça. Je fais encore ce que je veux de mes soirées...

Théo Mathias se plaît à l'idée de ces deux danseurs-là, ensemble.

Du sous-sol, la voix de Camorra.

La cavalcade dans l'escalier et l'équipe au complet dans le garage.

Des outils, une tondeuse, deux bicyclettes sans âge et un coupé BM à l'avant cabossé.

— C'est pour la bagnole que vous gueulez comme ça, Camorra ?

— Non, patronne. C'est pour ça.

Et son doigt d'indiquer, appuyés contre un mur, une pelle et une bêche à l'acier maculé de terre.

Mathias s'agenouille, pose son doigt sur le tranchant des deux outils et lève les yeux vers les autres.

— Il a creusé un trou quelque part dans le jardin, il y a quelques heures à peine. La terre est encore humide, là-dessus.

Aïcha sent la panique lui nouer le ventre. Elle saisit la pelle et grimpe l'escalier en courant.

— Qu'est-ce que vous avez foutu avec ça, Dimasco ? Répondez-moi ou je vous démonte.

— Je n'ai plus rien à vous dire. Rien. Tuez-moi, si vous voulez.

Elle dévale les escaliers, ouvre la porte de service du garage et se retrouve dans le jardin.

— S'il l'a enterré ici, on doit forcément retrouver la trace du trou quelque part. Allez, tout le monde dehors !

Les hommes se dispersent dans le parc. Le ciel s'est obscurci d'un coup, et les rafales balayent les allées, donnant à ce jour de septembre une franche allure d'automne.

Théo Mathias escorte la commissaire qui s'enfonce au milieu des parterres, les yeux rivés au sol.

Il lève le nez au ciel.

— On va se prendre une sauce.

Comme pour confirmer ses dires, les premières gouttes s'écrasent sur les plantations.

Les minutes s'écoulent sans qu'un seul mot soit prononcé. Décuplée par les bourrasques, l'averse s'abat sur les épaules, les cheveux, et les visages dégoulinent.

— Là ! C'est là !

C'est Perridon qui hurle à l'autre bout du jardin.

Tous accourent au travers des flaques, de l'herbe trempée. Au fond de la propriété, dissimulé derrière une rangée d'oliviers, s'étale un long rectangle de terre retournée.

Essoufflée par la course, par la peur qui s'est installée, Aïcha parvient à peine à parler.

— Vite ! Creusez. Il faut le sortir de là.

— S'il est là-dessous depuis hier soir… croit bon

d'ajouter Camorra.

— Fermez-la, Camorra ! Déblayez-moi plutôt cette putain de terre, au lieu de dire des conneries.

Sous la pluie qui s'abat sans faiblir, Camorra et Perridon enfoncent l'acier dans le sol, projettent de lourdes pelletées sur le côté.

Aïcha tente d'allumer une cigarette qui se trempe sous les flots et n'arrive pas à s'embraser.

— Et merde ! maugrée-t-elle en jetant sa clope dans l'herbe.

Bientôt plus de soixante centimètres de profondeur. La sueur des deux hommes se mêle à la pluie qui ruisselle. Théo Mathias et Aïcha Sadia demeurent immobiles face à la fosse qui commence à se dessiner.

— J'ai touché quelque chose, gueule Camorra.

Un morceau de toile plastique, pareille à celle qui recouvre les toitures détuilées, apparaît dans la terre à moitié inondée.

Aïcha se jette dans le trou. À genoux, elle enfonce ses doigts dans la boue et dégage tout ce qu'elle peut au-dehors.

Sous la bâche transparente, une couverture écossaise est enroulée autour du corps qui se dévoile peu à peu.

Mathias s'agenouille à son tour. À travers l'emballage, il constate la raideur cadavérique. Il lève les yeux vers Camorra, hausse les épaules et hoche la tête.

— Calmez-vous, Aïcha. C'est foutu. Je suis désolé.

— C'est jamais foutu, Mathias. Jamais ! Passez-moi quelque chose, que je coupe cette putain de ficelle, au lieu de me faire chier.

Camorra déplie son couteau suisse.

À coups secs, elle tranche les liens et libère ce qui semble être la tête. Elle découpe comme elle peut le plastique submergé d'eau et de terre noire, déblaye la glaise qui s'est glissée entre la couverture et le plastique et, d'un geste vif, écarte les pans du tissu.

Sous le maquillage détrempé, les bleus au visage de Viviane Dimasco sont réapparus.

— Qu'est-ce que c'est que ce bordel ? bafouille Perridon.

Aïcha se redresse. D'un revers de manche, elle s'essuie le front, les joues, efface la pluie, les larmes, et regarde ses hommes.

— Nom de Dieu ! Ce salopard a enfermé Touraine dans le cercueil de sa femme… À votre avis, Mathias, combien de temps peut-on tenir, là-dedans ?

— Deux ou trois heures, pas plus. Et encore, ajoute le légiste, ça suppose que Dimasco l'ait enterré vivant.

26

Noir.

Noir sous les paupières.

Ouvrir un œil.

Puis l'autre.

Le noir persiste.

Insondable.

Laisser aux pupilles le temps de se dilater, de s'épanouir. Le temps de manger la surface de l'iris et d'apprivoiser l'obscurité totale.

Compter les battements du cœur pour mesurer l'enchaînement des secondes.

Le rideau reste baissé, les ouvertures verrouillées, sans interstice.

La nuit qui l'entoure est devenue le monde.

Le crâne brûle au-dessus de l'oreille.

Une preuve de vie.

La douleur, comme une fenêtre ouverte dans l'obscur.

Souffrir, c'est respirer encore.

Remuer les lèvres, entrouvrir la bouche. Le bandeau de sparadrap qui lui barre le visage rend l'opération impossible. Alors, inspirer par le nez. Rien à faire d'autre.

Oublier la ficelle qui brûle et découpe la peau autour des coudes, des bras, cette corde filasse qui enserre les genoux, les jambes, qui coince les pieds l'un contre l'autre. Tenter le glissement de l'épaule sur le côté et se cogner à la cloison qui bloque chaque mouvement.

Alors, puiser l'énergie nécessaire et redresser le torse, comme pour un exercice abdominal, jusqu'à ce que le front rencontre de la matière. Du doux et du froid contre le front, et puis du solide, du résistant, comme le bois.

Reposer la tête, les épaules, reprendre son souffle et puis recommencer. Frotter sa peau contre la paroi au-dessus. Jusqu'à deviner la soie bleu foncé, le bois dur et soigneusement verni. Jusqu'à identifier le couvercle chêne clair du cercueil.

Putain ! Ne pas céder à la panique.

Rassembler ses souvenirs… Le salon, chez Dimasco, le whisky qui enveloppe la bouche, l'imprudence des mots prononcés et l'éclat fulgurant qui explose le crâne. Et puis plus rien.

Tenter de percevoir autre chose que sa respiration, que les battements de son cœur.

Rien à entendre.

Se focaliser sur le sifflement de l'air au sortir des narines, se concentrer sur le rythme du sang qui bat la cadence contre les tympans. Bloquer son attention sur ces petites musiques du corps qui lui chantent qu'il est encore en vie, et que ça compte.

Sentir l'humidité l'envelopper comme un linge moite, et deviner que l'enterrement, c'est déjà du passé. Qu'il est dans ce caveau depuis un temps qu'il ne peut mesurer.

Et le simple fait d'évoquer le temps, lui fait prendre conscience que l'air qu'il respire va bientôt lui manquer.

Ne pas hurler sous son bandeau. Ne pas céder à cette putain de peur qui commence à le gagner. Éviter à sa pensée de naviguer en liberté, sinon ça va déraper.

Si la terreur s'installe et s'empare de lui, ce sont les portes de la folie qui seront grandes ouvertes, et alors…

Alors, réfléchir. Canaliser le moindre raisonnement. Consacrer la plus petite parcelle de conscience à l'élaboration d'une solution. C'est ça, une solution. Une putain de sortie.

C'est ça ou crever comme un rat.

*

Difficile de prendre la mesure du temps quand on est privé de tout repère.

À sa langue chargée, Touraine se dit qu'il a dû dormir un moment. Il se dit que Dimasco aurait pu l'achever à coups de cendrier, ou lui ouvrir la gorge comme aux autres. Mais ce fumier a préféré l'enterrer vivant. À sa femme, il a probablement choisi d'offrir un trou à même la terre, un coin à eux, intime comme une parcelle d'enfance, où il pourra s'incliner et même se coucher des heures durant, à l'abri des regards du monde. Sans doute

Viviane Dimasco repose-t-elle quelque part dans son jardin, au pied d'un arbre familier.

Penser, c'est perdre du temps. Et le temps est ce qui lui reste de plus précieux.

Alors, se parler, à l'intérieur. Se dire des mots qui poussent à la décision.

Bon, qu'est-ce que tu fais ? C'est pas compliqué. Je n'ai que deux solutions.

Ou j'abandonne, ou je me bats.

Abandonner, c'est simple. Je ferme les yeux et je m'endors.

J'épuise l'oxygène et je ne me réveille pas.

Ou bien je me bats.

Faire du bruit. N'importe comment, mais faire suffisamment de boucan pour que dehors quelqu'un entende et donne l'alerte.

Faire du bruit, c'est bouger. Et bouger, c'est bouffer de l'oxygène et raccourcir mon temps de survie. Peut-être que dehors c'est la nuit. Qu'il n'y a personne et que je vais crever étouffé bien avant qu'on m'entende.

Putain, faut faire un choix. Allez, décide-toi !

Je me bats. C'est décidé. Je fais un dernier round. Pas question de baisser les bras comme ça.

D'abord distendre ce putain de sparadrap, sinon rien n'est possible.

Touraine s'emplit la bouche de salive, en humecte les films élastiques, fait coulisser ses mâchoires de chaque côté, en imbibe la toile et recommence jusqu'à discerner un début de relâchement. Du bout des dents, il rogne le tissu collé, le ronge peu à peu. Il bave, déverse sur son menton une écume inépuisable. Et puis, ça vient d'un coup, comme une digue qui rompt, une infime membrane se fissure et laisse un filet d'air se glisser entre ses lèvres, donnant aux incisives supérieures une soudaine liberté. Alors, il contracte ses abdominaux et redresse le buste de quelques centimètres. Il attrape la soie entre ses dents et la détache comme il peut. Il mord le tissu et agite frénétiquement la tête. Il pose la tête sur l'oreiller, reprend sa respiration et recommence.

Arracher, cracher, déchirer, cracher, arracher, déchirer encore jusqu'à dessiner une sorte de rectangle, une ouverture dans l'étoffe qui lui donne accès au contact rude du bois. La sueur trempe sa poitrine, son dos, et le rythme de sa respiration s'amplifie.

Allez, continue. Continue, bon Dieu ! T'as pas le choix.

Il contracte son ventre, se redresse d'un coup et fait cogner brutalement son crâne contre la paroi. Il cogne encore et encore et, bientôt, le bruit de sa tête qui frappe lui emplit les oreilles, couvre le sifflement aigu de l'air expulsé de ses narines.

Une arcade s'ouvre sous les coups de boutoir, et le sang coule le long du front, du nez, se répand autour de la bouche à moitié bâillonnée.

Cent fois, il se projette contre le chêne.

Cent fois, le cercueil vibre sous le choc.

Cent fois, cent fois… Et puis Sébastien Touraine s'arrête. En nage.

Son cœur cogne comme un tambour affolé. L'air s'est appauvri en oxygène, et le sang qui dégouline lui obstrue maintenant les narines.

Une fois dissipé l'écho du dernier coup de tête, s'impose l'impressionnant silence du tombeau.

C'est des conneries, tout ça ! Jamais je ne sortirai de ce trou.

Alors, se résigner.

Calmer sa colère, apprivoiser sa peur et accepter le rendez-vous.

Laisser sa pensée s'échapper de la fosse. Librement…

Le froid de la terre imbibe ses vêtements trempés de sueur. Dans ses veines, peu à peu, les battements retrouvent le rythme apaisé du cœur des petits garçons au bord du sommeil.

S'endormir. Voilà, s'endormir en pensant à elle, à la tiédeur de ses seins, de ses lèvres, à son ventre brûlant, à ses mains audacieuses.

Les yeux bleus d'Aïcha brillent dans le noir, lui réchauffent la crainte, tuent son envie de pleurer, de hurler.

Dans l'air qu'il respire, il sent bien que la consistance de la vie s'est comme évaporée. Alors, dans une profonde inspiration nasale, il offre à son cerveau son ultime ration d'oxygène.

Les rêves s'avancent, il ne veut pas manquer le début.

Sébastien Touraine s'endort. Il rêve d'une Aïcha qui cajolerait ses états d'âme. Il rêve d'avoir, derrière sa maison, une grande rivière pour s'enfuir en patinant, d'embrasser chaque nuit des bouches au goût d'Irlande, d'avoir sur la table de la cuisine des crayons de couleur comme un bouquet dans un verre. Il rêve dans le désordre, dans le fracas débridé des images qui défilent.

Il sombre, Sébastien Touraine, au rythme finissant de l'air qui n'entre plus en lui, à la cadence mesurée du cœur qui s'engourdit. Il songe à Antoine Berthier, aux

Dimasco, à Mohamed Askri, à tous ces anciens soldats et à la surprenante Aïcha.

Il se confie, un peu amer, qu'on ne peut traverser une vie sans en sortir abîmé.

*

Pelle à la main, le gardien du cimetière et son apprenti fossoyeur guident les policiers à travers les allées de gravier.

Le groupe s'arrête en face d'une tombe en marbre recouverte de couronnes et de rubans imprimés.

— Voilà, c'est là le caveau des Berthier. Il n'y a pas une heure qu'on a refermé.

— Ouvrez-nous ça, ordonne la commissaire.

Les deux hommes, assistés des policiers, déplacent les plantes, les bouquets, et les posent sur le caveau d'à côté. Puis, à bout de bras, ils font pivoter la plaque de granit. Au fond du trou, trois cercueils sur deux niveaux.

Sans attendre, Aïcha prend appui sur le bord de la fosse et disparaît dans la cuve de ciment.

— Grouillez-vous ! Chaque seconde compte !

Le fossoyeur en chef se laisse tomber à son tour dans le caveau.

À genoux, Aïcha se faufile entre les cercueils.

— Vite ! Ouvrez-moi celui-là.

L'apprenti sort un tournevis de sa poche et se décide à rejoindre son patron.

Aïcha ne peut plus prononcer un mot. Le regard de chacun se fixe sur les vis extraites une à une.

La minute qui suit semble ne pas avoir de fin.

Aïcha ne peut pas attendre une seconde de plus.

— Pas la peine d'ouvrir complètement. Faites-moi pivoter ce putain de couvercle.

Le grincement des vis qui résistent, et le visage de Touraine apparaît, posé sur un oreiller bleu foncé.

Figure livide à la bouche scotchée. Visage au front entrouvert, au sang qui sèche autour des yeux clos.

D'un geste sec, Aïcha libère la bouche du sparadrap.

Comme un plongeur qui remonte d'une apnée sans fin, Touraine ingurgite l'air dans un râle épouvantable.

Aïcha pose une main sur sa joue glacée.

— Ça va aller, Sébastien. Ça va aller.

Le ciel s'est débarrassé de ses nuages d'averse et, face au bleu lumineux, Touraine entrouvre les yeux.

Son regard balaye à la verticale, s'arrête sur le visage du lieutenant descendu à son tour dans le caveau.

— J'ai jamais été aussi content de te voir, Camorra.

— Moi non plus, enfoiré. Tu nous as foutu une de ces trouilles…

— Vous déconnez ou quoi, lieutenant, rétorque la commissaire. Moi, j'ai jamais perdu confiance.

Le silence de Camorra et le sourire de Théo Mathias flottent un instant au-dessus de la tombe.

Et Touraine de gueuler en riant :

— Si vous ne me détachez pas dans la minute, je vous jure que je fais un malheur !

Tandis que Camorra sort son couteau, Aïcha se penche sur le cercueil.

— Avant de faire un malheur, tu vas me laisser t'emmener à l'Hôpital Nord pour qu'on te recouse le front et qu'on te fasse les radios nécessaires. Après, tu feras tous les malheurs que tu veux.

Touraine posa son regard dans le sien, avant de lancer :

— Toi, madame la commissaire, je t'interdis de me quitter avant quarante-huit heures. C'est vrai, quoi ! Dis-lui, Théo. Soigner un grand blessé, c'est pas une mission à prendre à la légère… Pas vrai ?

ÉPILOGUE

15 h 10

La porte coulissante de l'hôpital s'effaça devant eux. Le soleil de ce mardi de septembre écrasait le parking comme au plus fort du mois d'août et, d'un geste machinal, Aïcha Sadia libéra ses lunettes de l'emprise de ses mèches et les positionna sur son nez.

Touraine alluma une cigarette et, histoire de découvrir sa tête entourée de gaze et de bande Velpeau, il s'accroupit face au rétro extérieur d'une voiture. L'image retour fut sans surprise : une gueule de nuit blanche, de mec cabossé et de repos obligatoire.

Puis, il hâta le pas pour retrouver Aïcha qui s'éloignait parmi les véhicules stationnés.

— Dis-moi, madame la commissaire, tu es libre cet après-midi ?

— Oui. Pendant qu'on te recousait, j'ai pu joindre Théo Mathias. Morin, c'est un jeune capitaine, va prendre le relais. De toute façon, je suis claquée. J'ai vraiment besoin d'être en roue libre, un jour ou deux.

Tout en parlant, ils rejoignirent la 406. Aïcha prit place derrière le volant et se tourna vers son passager.

— Bon, qu'est-ce qu'on fait ? Il est un peu plus de 15 heures. Tu veux sans doute rentrer te reposer…

— Non, pas tout de suite. Je suis crevé, c'est vrai, mais j'ai besoin de prendre l'air. De respirer un grand coup de frais, si tu vois ce que je veux dire.

Il écrasa sa clope dans le cendrier et poursuivit :

— Ce qu'on peut faire, c'est aller prendre un verre chez Jeannot : c'est un pote qui tient un bar sur le Vieux-Port, près de l'hôtel de ville. Après on se fait une petite balade jusqu'au fort Saint-Jean et puis on se rentre. Ce soir, si ça te dit, je nous fais livrer une dînette chinoise chez moi, et basta. Ça te va comme programme ?

Elle descendit sa vitre à fond et démarra en souriant.

— Ça me va, chef. Je n'aurais pas proposé mieux.

*

La première chose qui intrigua Touraine fut la mine tendue de Jeannot derrière son comptoir. Il nota qu'au long du bar, les clients tiraient sur leur clope sans dire un mot et, qu'au fond du bistro, autour des tables rondes, les habitués s'étaient rassemblés autour d'un pastis étrangement silencieux.

— Putain, vous en faites, une tronche ! Dis-moi, Jeannot, le gouvernement a dissous l'OM, ou quoi ?

Jeannot considéra Sébastien, l'œil morne, sembla s'apercevoir de la présence d'Aïcha, puis il croisa à nouveau le regard de Touraine.

— T'es pas au courant ?

— Au courant de quoi ?

— Ben, c'est la guerre, mon pauvre ! En Amérique, la guerre !

Il pointa un doigt derrière eux.

— Prends une chaise avec madame, au lieu de me regarder comme un couillon, et regarde-moi cette putain de télé.

Dans un même mouvement, ils se retournèrent vers le grand écran rectangulaire accroché au-dessus de la porte d'entrée et, comme des centaines de millions d'hommes et de femmes, ils se retrouvèrent plongés au beau milieu de Manhattan.

Les infos étaient transmises en continu.

Les deux tours du World Trade Center en feu.

Des images insensées prises de la rue, du ciel. Des plans filmés depuis les immeubles périphériques, et le regard anéanti des New-Yorkais massés sur les trottoirs.

Quand les images du second avion furent rediffusées – cette trajectoire presque esthétique et le fuselage blanc qui disparaît dans l'angle droit des vitrages verticaux – quand l'explosion fit se taire tous les clients du bar, quand la carlingue se mua en boule de feu et que les gens, dans la rue, se mirent à hurler, Aïcha posa sa main sur celle de Touraine.

Les commentaires des journalistes français, la voix off des reporters américains et, à quelques minutes d'intervalle, les deux tours qui s'effondrent sur elles-mêmes dans un déluge apocalyptique. Un déferlement de béton et de verre qui noie l'Amérique sous une avalanche de poussière grisâtre.

Des gens qui courent par milliers, qui s'éloignent comme ils peuvent du nuage monstrueux qui envahit les rues.

Dans la panique, les caméras de TV saisissent des visages qui pleurent, des regards perdus au milieu des voitures abandonnées.

En quelques minutes, tout est recouvert d'une couche de cendre épaisse et grise.

Spectacle hallucinant d'hommes d'affaires aux costumes déchirés, de femmes qui fuient sans leurs chaussures, de gamins hagards évacués des écoles voisines, de voitures de police désertées, de camions de pompiers bloqués dans une circulation devenue impossible. Incroyable vision que ces gens par milliers qui, après avoir trouvé refuge dans les arrière-boutiques, s'agglutinent maintenant sur les trottoirs, devant les devantures, sous les auvents déchirés. Certains se mettent à prier.

Sans avoir pris le temps de commander à boire, Aïcha se leva de sa chaise et se dirigea vers la sortie.

— Il faut que je prenne l'air, Sébastien. Viens, je vais étouffer.

Autour du Vieux-Port, le flot des voitures s'était ralenti.

Sans se parler, ils longèrent les quais en direction du large. Des bars, des restaurants, des bureaux aux fenêtres ouvertes, le son télévisé de la tragédie les suivit jusque dans la rue.

Parvenus au bout des embarcadères, là où la route file vers les docks, ils décidèrent de poursuivre un peu. Ils empruntèrent la promenade autour du fort Saint-Jean et marchèrent jusqu'à l'extrémité des pontons. Ils s'assirent sur le parapet, les pieds ballants au-dessus des flots.

Elle inclina la tête contre son épaule et contempla la mer, la ligne d'horizon, laissant dériver ses pensées. Puis, elle eut envie de rompre le silence qui s'était installé depuis leur sortie du bar.

— À quoi tu penses, sous ton pansement ?

— J'ai du mal à décrocher de ce qu'on vient de voir.

Il hésita un instant avant de poursuivre :

— J'observe le ciel, tu vois, et c'est peut-être idiot, mais je me dis qu'un ciel bleu comme celui-ci, désormais, quand il sera traversé par un avion au-dessus d'une ville, il se passera du temps avant que les hommes puissent regarder ça d'un air tranquille…

Sans le dire, il songea au bleu matinal du ciel d'Hiroshima, à ceux, parsemés de nuages désœuvrés, des collines du Rwanda, de Somalie et d'ailleurs. Il préféra garder ces images pour lui et se contenta d'ajouter :

— Je suis bien, là, avec toi. Mieux que bien, même. Mais je pense qu'aujourd'hui, il sera difficile d'être heureux…

Aïcha se dit qu'elle aimait sa ponctuation, ses virgules et ses points de suspension silencieux. Que, peut-être, il aurait peur de ses points d'exclamation à elle, de ses points d'interrogation et aussi de ses parenthèses… Elle se dit que pour aimer l'autre, il faut avoir la même respiration du texte, ce commentaire secret que chacun se fait de la vie.

Elle se colla un peu plus contre lui, et se dit qu'il avait raison. Que malgré la lumière, leurs doigts et leurs destins entrecroisés, ce mardi 11 septembre resterait un jour sombre.

La sirène d'un cargo retentit alors à la sortie du port industriel. Longtemps, ils suivirent le bateau des yeux, le blanc et le vert de son pavillon, jusqu'à le perdre de vue, l'imaginer rejoindre les quais de l'Algérie.

Ils demeurèrent un long moment immobiles, sagement inclinés l'un contre l'autre, troublés tous deux, au plus profond d'eux-mêmes, par l'insondable folie des hommes.

Parus dans la même collection

Le Baiser du Congre
DEL PAPPAS
Bleu sur la Peau
DEL PAPPAS
Le Jobi du Racati
DEL PAPPAS
La Girelle de la Belle de Mai
DEL PAPPAS
Écran total
MAXIME VIVAS
Ainsi soient-elles
PIERRE SERISIER
Le Royaume de Degun
DEL PAPPAS
Du Sel plein les Yeux
DEL PAPPAS
La Nuit des Bras Cassés
MAURICE GOUIRAN
Harpo
PIERRE SERISIER
Le Couteau sur la Langue
RENÉ MERLE
Pleure pas le Mistral se Lève
DEL PAPPAS
Le Cœur Enragué
DEL PAPPAS
Le Théorème de l'Engambi
MAURICE GOUIRAN
Le Cafoutchi du Diable
DEL PAPPAS
Le Dernier des Chapacans
MAURICE GOUIRAN
La Mue de la Cigale
DEL PAPPAS
L'Arménienne aux Yeux d'Or
MAURICE GOUIRAN
L'Anticyclone des Açores
DEL PAPPAS
Les Martiens de Marseille
MAURICE GOUIRAN
La Porte des Orients Perdus
MAURICE GOUIRAN
Guantanamo
MARC LEREAH
Bada d'Amour
DEL PAPPAS
Les Damnés du Vieux Port
MAURICE GOUIRAN
Saucisse dans le Métro
SERGE SCOTTO
Marseille, la ville où est mort Kennedy
MAURICE GOUIRAN
Sortez vos morts
BRUNO LEYDET
L'Espincheur des Accoules
DEL PAPPAS
Sous les Pavés, la Rage
MAURICE GOUIRAN
La Gloire de Saucisse
SERGE SCOTTO
Terminus Ararat
MAURICE GOUIRAN
Frères d'Armes
SERGE-YVES RUQUET
Train Bleu Train Noir
MAURICE GOUIRAN
Meurtres à la Cité Radieuse
ALAIN PUCCIARELLI
Saucisse Président
SERGE SCOTTO
Vogue, Bel Engatseur,
DEL PAPPAS
Spécial Dédicace
LILIAN BATHELOT
Marseille sur Maire
SERGE YVES RUQUET
Putains de Pauvres
MAURICE GOUIRAN
La Théorie du K.O.
LILIAN BATHELOT
Deus ex Massilia
ANDRÉ FORTIN
Shanghai Skipper
TITO TOPIN
Les Chèvres Bleues d'Arcadie
MAURICE GOUIRAN
Croisère Jaune
ZOLMA
Les Vrais Durs Meurent Aussi

Maurice Gouiran
Mistral Cinglant
Zolma
Un Été Grec
André Fortin
Le Sang des Siciliens
Maurice Gouiran
L'Été tous les chats s'ennuient
Philippe Georget
Le Royaume des Sables
Pierre Boussel
La Vie est un Sale Boulot
Janis Otsiémi
Qui a peur de Baby Love
Maurice Gouiran
La Prière du Maure
Adlène Meddi
Appelez-moi Dillinger
Maurice Gouiran
Et la mort se lèvera
Jacques Olivier Bosco
Requiem pour le Juge
André Fortin
Saucisse face à la Crise
serge scotto
Adios Viracocha
Zolma
La Bouche qui mange ne parle pas
Janis Otsiémi
La Posture de la Méduse
alain pucciarelli
Franco est Mort Jeudi
Maurice Gouiran
Pitié pour Constance
André Fortin
Le Paradoxe du Cerf-Volant
Philippe Georget
Le Cramé
Jacques Olivier Bosco
Sur nos cadavres, ils dansent le tango
Maurice Gouiran
Le Chasseur de Lucioles
Janis Otsiémi
Et l'été finira
Maurice Gouiran
Les auteurs du Noir face à la Différence
Collectif
Raison d'Etat
Hugues Leforestier
Parjures Gilles Vincent
Les violents de l'Automne
Philippe Georget
La mort du scorpion
Maurice Gouiran
Restez dans l'ombre
André Fortin
Aimer et laisser mourir
Jacques Olivier Bosco
Beso de la muerte
Gilles Vincent
J'ai fait comme elle a dit
Pascal Thiriet
Tortuga's bank
André Blanc
Mais délivrez-nous du mal
Maurice Gouiran
L'autel des naufragés
Olivier Maurel

Achevé d'imprimer sur les presses
de Pulsio à Sofia
Imprimé en Bulgarie
Dépôt Légal :mai 2013